SI UN DÍA VUELVES A BRASIL

ELIA BARCELÓ

Si un día vuelves
a Brasil

ALBA EDITORIAL, s.l.u.

A Joven

Copyright © ELIA BARCELÓ, 2003

© de esta edición:
ALBA EDITORIAL, s.l.u.
Camps i Fabrés, 3-11, 4.º
08006 Barcelona
www.albaeditorial.es

© Diseño: Moll d'Alba

Primera edición: mayo de 2003

ISBN: 84-8428-184-1
Depósito legal: B-17 523-03

Impresión: Liberdúplex, s.l.
Constitución, 19
08014 Barcelona

Impreso en España

Queda
rigurosamente
prohibida, sin la autorización escrita de los titulares del Copyright, bajo las sanciones establecidas en las leyes, la reproducción parcial o total de esta obra por cualquier medio o procedimiento, comprendidos la reprografía y el tratamiento
informático, y la distribución
de ejemplares mediante
alquiler o préstamo
públicos.

El hombre caminaba con paso elástico y seguro por el paseo de la avenida de Botafogo, entrando y saliendo de las sombras que las grandes *mangueiras* –los árboles del mango– proyectaban sobre las losetas de color. Al fondo, el Pan de Azúcar recortaba su silueta contra un cielo azul claro, y la ligera brisa traía el intenso olor a desperdicios marinos de la pequeña bahía cerrada de Flamingo, donde anclaban decenas de botes y yates de recreo.

Había algo a la vez discreto y llamativo en su forma de andar: una elasticidad felina, que, al igual que el color tostado de su piel, podía deberse a alguno de sus antepasados negros y una peligrosa frialdad, heredada quizá de un bisabuelo del norte de Europa junto a sus ojos verdes, ocultos ahora tras unas gafas de sol, que hacía que la gente se apartara a su paso.

Llevaba *chinos* blancos, guayabera blanca y una cadena al cuello. Si hubiera sonreído, cosa que no hacía con frecuencia, habría mostrado un diente de oro del que una vez se sintió orgulloso y que ahora ya se había convertido en parte de sí mismo.

A pesar de que llevaba un teléfono móvil colgado del cinturón, se dirigió a una cabina pública y marcó un número de memoria:

–Tengo un par de objetos localizados –dijo sin saludar a su interlocutor–. Puede empezar el baile.

Escuchó durante un minuto mirando distraídamente el teleférico que subía, cargado de turistas, hacia la terraza panorámica del Pan de Azúcar.

–De acuerdo. Repito instrucciones: Hotel Gloria. Martínez-Díaz. Los recogeré a media tarde. Volveré a llamar mañana sobre esta hora.

Antes incluso de colgar con la mano izquierda, la derecha se disparó como un látigo hacia el bolsillo trasero, donde acababa de sentir un ligero roce, y aferró un brazo delgado.

–¿Querías algo? –Su voz no había cambiado, pero el hombrecillo flaco empezó a temblar.

–Su cartera, señor, estaba a punto de caérsele del bolsillo. Yo sólo quería recogerla.

Sabía que era imposible que se lo creyera, pero no se perdía nada con intentarlo. A veces preferirían dejarlo ir sin más; al fin y al cabo, no había pasado nada y el hombre no querría perder una mañana de vacaciones en la comisaría presentando la denuncia.

Se estaba haciendo viejo. Antes no fallaba tantas veces ni elegía tan mal a las víctimas. Él lo había tomado por un turista colombiano o venezolano, el típico hombre casado que viene un par de días sin la familia a divertirse un poco; pero el tipo tenía reflejos de policía, de soldado, de hombre entrenado para luchar, y él ni siquiera se había dado cuenta.

–Por favor, señor –insistió–. Ha sido un error.

–Efectivamente, viejo, ha sido un error.

Su puño izquierdo se cerró y el hombrecillo entornó los ojos esperando el golpe a la altura del estómago. Se lo había ganado por imbécil, pero había recibido muchos puñetazos en su vida; uno más no lo iba a matar.

Cuando el hombre le soltó el brazo que le había tenido agarrado, al carterista le fallaron las rodillas y se dejó caer al suelo. No había sentido el golpe, sólo un pinchazo, una ola de calor y ahora una humedad que se iba extendiendo por su costado. Miró hacia abajo, sorprendido al ver la sangre que iba empapando su camisa raída.

–Podía haberte pinchado un riñón, pero es de las pocas cosas útiles que te quedan. Lo mismo alguna vez lo necesito. ¡Lárgate! –Le sonrió, mostrando el diente de oro–. Y no vuelvas a cometer errores, viejo; los errores se pagan.

Antes de desmayarse sobre la acera a causa del hambre, el calor y la pérdida de sangre, tuvo tiempo de ver alejarse al hombre, elástico y relajado, vestido de blanco, entrando y saliendo de las sombras.

1

Nunca se sabe bien dónde empieza una historia. Cuando era pequeño, leyendo Alicia en el país de las maravillas me llamó la atención lo que el rey le dice a Alicia cuando le pide que le cuente sus aventuras y ella le contesta que no sabe por dónde empezar: «Empieza por el principio, continúa y luego, cuando llegues al final, deténte».

No es mal consejo; el único problema es que uno nunca sabe dónde está el principio.

Quizá en el divorcio de mis padres, que nos llevó a Inés y a mí a pasar todos los años las vacaciones en el lugar donde nuestro padre estuviera haciendo su trabajo de campo. O en su decisión de especializarse en batracios de la selva amazónica, lo que prácticamente nos obligó a aprender portugués de Brasil para poder pasar las vacaciones a su lado. O en una de las últimas, sonadas peleas, en la que mi madre consiguió que mi padre no nos arrastrara consigo a una de sus expediciones dejándonos en alguna aldea de la selva luchando contra los mosquitos y el aburrimiento, sino que nos alojara en un hotel de Rio de Janeiro mientras él se iba durante unos días a su campamento en la zona de Manaus, *prometiendo volver pronto para hacer un viaje turístico en toda regla.*

En cualquier caso, si cierro los ojos, la imagen que acude a mi mente es siempre la misma: Inés y yo sentados en el tranvía de Santa Teresa, a eso de las cinco de la tarde, protegiéndonos del sol con gafas y gorras como viles turistas, temiendo que ya hubieran cerrado la Chácara do Céu, *el museo que queríamos visitar, desde cuya terraza nos habían dicho que podía verse todo Rio de Janeiro extendido como una alfombra a nuestros pies.*

Siento el movimiento del tranvía, casi vacío, el calor del sol en nuestros brazos, ya morenos a pesar de que en Rio agosto es pleno invierno; siento la brisa en la cara mientras cruzamos el acueducto y el barrio de Santa Teresa, que fue hermoso en tiempos lejanos y es ahora casi una ruina de pasados esplendores, se despliega frente a nosotros, lentamente, cada vez más arriba con cada vuelta del tranvía por sus calles angostas, sus decrépitos palacetes dorados por el sol de la tarde, dulce como miel, sus plátanos y buganvillas creciendo como maleza entre estucos desconchados, tejados semiderruidos, jardines abandonados donde al pasar se vislumbra una fuente seca. Oigo los gritos y las risas de los niños, enjambres de niños, sucios y harapientos, que se acercan en las paradas a pedir unas monedas; retazos de canciones que surgen de alguna ventana de cristales rotos y se pierden enseguida como un perfume apenas recordado.

Y entonces, cuando casi hemos llegado, cuando el tranvía empieza a frenar trabajosamente con su chirrido metálico, la figura de Silvana recortándose contra el inmenso cielo azul, su largo pelo negro ensortijado como una aureola en torno a su cabeza, la bata roja y negra cubriendo su cuerpo, sus largas piernas morenas, el pequeño João montado en su cadera, sus sonrisas gemelas, una de dientes blancos, otra desdentada.

Así se me aparecen aún algunas veces, en sueños. Pero en sueños avanzo hacia ellos y los dos me abrazan, me reconocen, me aceptan. Luego me despierto y estoy solo, como siempre. Y recuerdo que ése fue el comienzo, que fue ahí donde mi historia pudo comenzar.

João se había despertado antes de lo normal. Aún quedaban casi dos horas de sol cuando sus chillidos hambrientos despertaron a Silvana y la forzaron a incorporarse y apoyarse, aún medio dormida, contra la pared de tablas que había construido a la cabecera del catre para tapar una grieta del muro de la casa. El sol de la tarde se filtraba en rayas doradas por los intersticios de la persiana rota y en cada haz de luz las motas de polvo bailaban su lenta danza. Se puso a João contra el pecho y, a su calor, el niño se calló por un instante para enseguida gritar de nuevo con más intensidad.

Finadinha no volvería hasta el anochecer, cuando terminara su ronda por los bares y las cafeterías turísticas, para hacerse cargo del pequeño João mientras ella iba a su trabajo. Con un poco de suerte, cenarían algo caliente; si no, siempre quedaba el puñado de harina de mandioca que conservaban para hacer *farofa* en los malos tiempos. No era gran cosa, pero era algo. Otros tenían menos.

Cuando el pequeño se dio por satisfecho, Silvana, a quien todos llamaban *Bonitinha*, se lo montó en la cadera y salió a la calle pensando vagamente en subir, como siempre, hacia la *Chácara do Céu* para que les diera un poco el sol y el aire y para que quizá algún turista respondiera a la luminosa sonrisa de João y les regalara unas monedas. El pequeño era una buena contribución a la economía familiar, pero *Finadinha* no tenía fuerzas para llevarlo en brazos durante horas y ella tenía que dormir durante el día para poder trabajar por la noche.

Se estaba haciendo vieja *Finadinha*, mientras João se hacía cada vez más grande, y muy pronto Silvana tendría que hacerse cargo de los dos. Pero no quería pensar en el futuro, no valía la pena pensar en algo que quizá no llegara nunca. Su hermano Zé había muerto de fiebre a los tres años; su madre no había llegado a los cincuenta. Nada en su vida había durado mucho y no había razón para pensar que nada de lo que la rodeaba fuera a durar para siempre. De momento el sol le calentaba la piel, el peso de João era una carga dulce y el trabajo nocturno estaba a un par horas, toda una eternidad.

Subió, saludando a niños y vecinas, por una vereda empinada que atravesaba antiguos jardines donde ahora cacareaban algunas gallinas encerradas en cajones hechos de alambres y tablas sueltas, y donde, colgadas en cuerdas de árbol a árbol, se oreaban las ropas de docenas de familias.

Cuando llegó a los alrededores de la *Chácara*, se quedó un momento contemplando el mar de tejados y fachadas de su barrio derramándose como una cascada por la ladera de la colina: tejas rojas maltratadas por la intemperie, paredes ocres y anaranjadas, muchas de ellas de simple ladrillo sin revoque, mezclándose con manchas de verde intenso donde la vegetación había conseguido triunfar y con el gris de la roca pelada de los *morros* que sobresalían en el paisaje como guijarros que un niño gigante hubiera arrojado al azar. A lo lejos, recortado contra el horizonte de poniente, el inmenso Cristo Redentor abriendo sus brazos eternamente en el Corcovado para proteger a la ciudad de todo mal. Detrás de ella el mar, el profundo azul de la gran bahía de Guanabara, y a su izquierda, ocultas por la vegetación y las chabolas que trepaban por los morros, las arenas blancas de las playas: Copacabana, Ipanema, Leblón... Su mundo, Rio de Janeiro, *cidade maravilhosa*, la ciudad más hermosa del mundo, como decían los folletos turísticos.

Una ciudad que ofrecía al visitante todos los lujos y placeres que el dinero podía comprar, una ciudad llena de lugares en los que nunca entraría, de objetos que nunca podría tener, de personas que nunca la tratarían como a una persona porque era, para los ricos, simple escoria; escoria blanca,

blanca como ellos, pero igualada por la miseria a todos los demás colores. Como siempre, el problema era la plata, pensó, no el color de la piel.

El chirrido de los frenos del tranvía la hizo desviar la vista hacia la parada y sonreír; los turistas sólo daban algo si sonreías, si te mostrabas inocente y confiada, alegre, tropical. Al fin y al cabo, estaban de vacaciones y si se aventuraban en barrios como el de Santa Teresa era solamente porque se trataba de un barrio pobre, pero civilizado, al menos durante el día, y el museo de arte estaba allí y el tranvía se tomaba a dos pasos de la catedral. Nadie quería realmente ver lo que significaba la miseria; ningún turista habría visitado el cinturón de *favelas* que rodea la ciudad maravillosa, cuyo hedor se percibe a varios kilómetros de distancia, pero Santa Teresa era otra cosa: un hermoso barrio venido a menos, la ruina de algo que fue señorial.

Un chico y una chica se bajaron del tranvía, sonrientes. Él, muy alto, flaco, con gafas oscuras, vaqueros y camiseta azul. Ella, alta y delgada también, con pantalones cortos. También bajó un tipo brasileño, filoso como un cuchillo, repeinado y vestido de blanco, que parecía acompañar a un matrimonio rico y extranjero, ya mayor.

Silvana se decidió enseguida por los jóvenes porque eran obviamente hermanos y no llevaban mochilas gigantes y sacos de dormir, lo que sólo podía significar que eran hijos de gente rica y se alojaban en algún hotel de la playa.

–No van a poder entrar en el museo –les dijo–. Cierran a las cinco. Pero la vista es preciosa.

–¿Abren mañana? –preguntó la chica.

–A las nueve.

João se lanzó sobre el collar de cuentas de colores que llevaba la chica y empezó a chuparlo con pasión. Ella se echó a reír.

–Deja, João. La señorita no lleva el collar para que se lo

chupes tú, *filhinho*. Pero usted no debería llevar joyas cuando salga a pasear por Rio; puede ser peligroso.

Silvana sabía perfectamente que se trataba de una baratija, pero también sabía que era la mejor manera de mostrar buena voluntad.

–No es una joya. Son de vidrio. ¿Lo quieres, precioso? –La chica se lo quitó y se lo tendió al bebé, que lo agarró entusiasmado–. ¿Es su hijo? –preguntó.

–No, no. Es mi hermano pequeño.

Silvana tuvo la sensación de que el muchacho le sonreía con mayor intensidad y, volviéndose a mirarlo de frente, le devolvió la sonrisa.

–¿Están de vacaciones? Hablan muy bien el brasileño.

–Nuestro padre trabaja mucho en Brasil –dijo el chico–. Nosotros llevamos años aprendiendo. Me llamo Alejandro y ésta es mi hermana Inés. Somos españoles.

–Yo soy Silvana y éste es João.

El hombre de la guayabera dejó al matrimonio en la terraza contemplando el panorama y se acercó a los chicos hasta colocarse al lado de la muchacha brasileña.

–¿Quieres ganarte unos dólares? –le preguntó.

Inés y Alejandro se sintieron molestos por la intromisión y por el tono de voz y el tuteo que había usado el hombre. Un brasileño educado no tutea ni siquiera a su familia y amigos; siempre usa el «vocé», y la tercera persona de respeto para una relación muy formal o para marcar las distancias. A ellos, aquel «tú» les había sonado insultante, pero la muchacha no reaccionó.

–Quieren darte algo –siguió diciendo el hombre–, pero no se atreven porque no te has acercado a pedir y temían insultarte, pero si vas y les enseñas al crío, te ganarás la cena. A los guiris les calma la conciencia dar algo de vez en cuando.

Silvana les lanzó una mirada de disculpa y, acomodándose mejor al niño, siguió al hombre hasta el parapeto.

Los hermanos esperaron unos minutos mientras Silvana hablaba con los extranjeros ayudada por el hombre, que hacía de traductor. El matrimonio parecía fascinado con el bebé y la señora pidió a Silvana que la dejara tomarlo en brazos.

Como la cosa parecía alargarse, Inés tironeó de su hermano para llevarlo hasta la terraza a hacer un par de fotos.

–¿Tú crees que se había acercado a nosotros para pedir? –preguntó él.

–Supongo. Mira, hazme una aquí con el paisaje de fondo. ¿Tan raro te resulta que hubiera venido a pedir limosna? Al fin y al cabo, el ochenta por ciento del país vive en la pobreza más absoluta, Jandro. Tú lo sabes tan bien como yo.

–Sí, ya... pero... no sé. Es tan guapa, tan joven...

–¿Y qué quieres que haga? ¿Que se dedique a la prostitución? Después de todo, esto es mejor que robar o que otras cosas.

–¡Qué bruta eres, Inés!

–Es que a veces eres de un ingenuo que duele, Jandro.

–Podría trabajar.

–¿En qué? Seguramente ni siquiera ha ido a la escuela. Además, sí que trabaja, ya lo ves. Cuida de su hermano pequeño y consigue lo que puede de los turistas. Me figuro que sus padres apenas sacarán entre los dos para mantener a la familia.

Debía de ser cierto, por supuesto. La dicción de la muchacha, inculta y vulgar, tan en contra de su belleza, decía bien a las claras que no era una chica de clase media como las que él había tratado toda su vida, exceptuando a las que vivían en los poblados de la selva y que nunca habían sido más que ocasionales compañeras de juegos en la infancia y después mujeres viejas antes de tiempo que de un año a otro se convertían en madres y sobrevivían a duras penas entre enfermedades y hambrunas, soportando la temprana muerte de los hijos, las palizas del marido, los continuos embarazos.

Jandro se llevó la cámara al ojo y disparó.

–Ya está. –Le devolvió la cámara–. Guárdala tú.

Inés se acercó a recogerla y le puso la mano en el brazo:

–¿Qué te pasa?

Él sacudió la cabeza.

–Nada. Que desde que llegamos a Rio es la primera vez que me da vergüenza lo bien que vivimos nosotros. Las otras veces, en la selva, nosotros estábamos igual que los demás: no teníamos lujos, nos picaban los bichos como a cualquiera y comíamos lo que todos, o casi. Sin embargo, aquí... –Volvió a sacudir la cabeza–. No es justo.

Inés guardó silencio durante unos instantes, luego le dio un empujón suave.

–Eres medio tonto, ¿sabes?, pero más bueno que el pan.

Jandro sonrió y, juntos, volvieron a la otra parte de la terraza, pero tanto Silvana y João como los extranjeros habían desaparecido.

El día en que conocimos a Silvana pasé muy mala noche, dando vueltas en la cama sin poder dormir más que unos minutos seguidos. Hacía calor, las sábanas se me pegaban al cuerpo, su rostro se me aparecía en sueños cada vez que lograba dormirme y, cuando me despertaba, la vista se me perdía a través de la ventana, en el amasijo de chabolas oscuras que cubrían la colina, muy lejos del hotel. En alguna de ellas, Silvana y João estarían durmiendo también en un catre de mala muerte, o en una hamaca, con el viento colándose por las rendijas y las maderas mal encajadas, podridas de humedad, rechinando y crujiendo.

Recuerdo que me levanté en algún momento de la noche y me quedé de pie junto a la ventana mirando las luces de la Copa-

cabana, que brillaban como un collar de piedras preciosas trece pisos por debajo de nuestro cuarto. Allá abajo habría gente de todas las edades cumpliendo trabajos que yo no podía ni imaginar, tratando de sobrevivir un día más, mientras yo me asomaba al balcón a respirar la brisa del Atlántico y a buscar entre las constelaciones la Cruz del Sur, que tanto me había impresionado en mi primer viaje al Brasil.

Inés dormía pacíficamente en la cama de al lado de la mía, vacía y revuelta. Ya entonces, a sus dieciséis años, era una mujer tranquila, sensata, que no se dejaba robar el sueño por quimeras estúpidas, como yo.

(¡Qué poco me conocías, hermano! ¡Qué poco me conoces aún!)

Entré de nuevo en el cuarto a buscar mi diskman y me tumbé sobre una toalla en el suelo del balcón a escuchar un disco brasileño que había comprado el día anterior. Por entre los barrotes veía la silueta oscura del Pan de Azúcar, imaginaba a Silvana dormida, quizá junto a João u otro de sus hermanos, y pensaba en que al día siguiente, con un poco de suerte, volvería a verla en la Chácara do Céu.

A las dos de la madrugada, Silvana se quitó por fin el babatel que llevaba puesto desde las ocho de la tarde, y en el lavabo de la trastienda se echó un poco de agua a la cara y se puso los pantalones y la blusa para salir por fin a la calle.

Había sido una noche particularmente agotadora porque varios clientes habían roto o derramado vasos de bebidas y un niño había vomitado por todo el pasillo del local; la cocina estaba tan sucia y grasienta como de costumbre y además Luiza estaba enferma y ella había tenido que hacerse cargo también de lavar las ensaladas y pelar las patatas.

Espió por la puerta entreabierta antes de salir y no lo

hizo hasta que oyó las voces de Fernando, el cocinero, y Felipe, el pinche, en el pasillo que llevaba a la salida. Se unió a ellos y juntos pasaron por delante de Pedro, el encargado, que los esperaba para echar el cierre al local. Como siempre, Pedro le lanzó una mirada apreciativa y le ofreció llevarla a Santa Teresa en su renqueante motocicleta. Como siempre, Silvana le dio las gracias y le dijo que había quedado con su amiga Joanna, que trabajaba en un restaurante de la manzana siguiente, para volver juntas a casa.

Pedro era un hombre de unos cincuenta años, tal vez menos, pero muy mal llevados: barriga prominente, calva disfrazada con unas mechas de pelo fino y gris cuidadosamente peinadas en círculo, como una diadema en torno a su cabeza, anillos en tres de los dedos de la mano izquierda, ojos saltones que la seguían por el local cuando limpiaba una mesa o pasaba la fregona por donde hubiera caído una bebida.

Ella notaba su mirada hambrienta a través de la ropa y, a pesar de ir vestida con el babatel azul y una cofia que le recogía la melena y la afeaba bastante, se sentía desnuda en un lugar público y quería esconderse debajo de la tierra. Por eso esperaba siempre a Fernando y Felipinho para salir; porque estando ellos delante, Pedro no se atrevería a tocarla.

Además, lo de Joanna era cierto; siempre volvían juntas a Santa Teresa para protegerse mutuamente y para que, teniendo con quien hablar, el largo camino en autobús se les hiciera más corto.

Pero en ese momento no tenía ganas de encontrarse con Joanna y continuar la eterna discusión que había empezado semanas atrás, una noche de otoño en que a su amiga se le había metido en la cabeza convencerla de que dejase el trabajo de fregona y se dedicara a recorrer con ella los locales de extranjeros y las puertas de los hoteles de turistas buscando hombres que se aburrieran en Río y estuvieran dispuestos a invitarlas a cenar o a regalarles cualquiera de las muchas cosas que necesitaban y nunca tenían bastante dinero para comprar.

Joanna ya la estaba esperando delante del Cyrano, el restaurante francés donde ayudaba en la cocina, nerviosa, como era ella, flaquita, saltando de un pie a otro de pura impaciencia, los labios fuertemente pintados de rosa y el pelo rubio mal teñido recogido en lo alto de la cabeza como una fuente desde la que se disparaban los rizos en todas direcciones.

Nada más llegar, la cogió del brazo y echó a andar con ella:

–¡*Bonitinha*, hoy he ayudado a servir las mesas! –le dijo en cuanto se pusieron en marcha–. Me he tenido que poner el uniforme de Teresa, que está como una vaca y me sobraba por todas partes, pero como no ha venido y faltaba personal, dom Jean-Marie me ha dicho que tenía que ayudar. ¡Imagínate! ¡Yo de camarera en lugar de estar fregando platos en la cocina!

Silvana le dio un apretón de brazo para expresarle su alegría porque no había manera de meter palabra.

–¡Y eso no es lo mejor! Lo mejor es que he servido a dos señores muy elegantes que deben de estar podridos de pasta y hemos quedado en vernos cuando salga del trabajo a la puerta de La Rana Azul. Les he dicho que llevaría a una amiga. ¡Las cosas se arreglan, *Bonitinha*!

Silvana se quedó clavada en medio de la acera.

–Yo no voy, Flaca.

–¿Cómo que no vienes? No pensarás echarme a perder el día, ¿verdad? Somos amigas. Nos hemos ayudado siempre. ¿Quién se quedó contigo cuando murió tu madre? ¿Quién te ayudó al principio con João? No puedes hacerme esto.

–Joanna, por favor. Yo no hago esas cosas. No soy de ésas. Y tú tampoco.

–¿Qué tiene de malo ir a tomar una copa con dos turistas? ¡A ver! No te pido que hagas nada que no quieras hacer, aunque, chica, la vida que llevamos tampoco es plato de gusto. Una noche haciendo de princesas no es mucho pedir. Total, si no te gustan, nos vamos. Y La Rana Azul está aquí al lado, nos viene de paso. Además, lo mismo se han hartado de esperar y se han ido. Por mirar...

Silvana no contestó. Pensaba en João en casa, con *Finadinha*, que seguramente se habría dormido abrazada a él, después de haber sacado y vuelto a contar el dinero que habían conseguido del matrimonio extranjero, sumado al que ella había recogido por las cafeterías y las avenidas del centro. Si los amigos de Joanna le daban algo también por hacerles un rato de compañía y reírles las gracias... ¡Había tantas cosas que necesitaban! Podría comprar leche condensada y papillas para João, que pronto empezaría a masticar, y unos zapatos decentes para *Finadinha* y unos metros de plástico para cubrir el tejado y un cubo para traer el agua de la fuente y una lámpara de petróleo nueva y carne de verdad para una o dos comidas y quizá un vestido para ella, uno de esos vestidos ajustados de escote redondo, como el naranja de florecitas que había visto en una tienda del centro. ¡La vida podía cambiar tanto con algo de dinero!

Llegaron a la puerta de La Rana Azul, se sonrieron, se santiguaron, intercambiaron el típico gesto carioca de pulgares hacia arriba y entraron en el local.

2

A las nueve y media de la mañana el hombre de la guayabera, que estaba inscrito en su hotel como José Da Silva, brasileño, de Belem, cruzó la calle hasta una cabina de teléfono. Esta vez nadie lo molestó durante la llamada.

–Lo de los italianos está cerrado. Podéis hacer la entrega. Los españoles se han decidido ya; si cumplen mañana, sugiero que preparéis la recogida a eso de las doce de la noche. Sí, del resto me ocupo yo. ¡Hasta mañana!

Colgó y paseó lentamente hasta una zumería de la zona. Se acomodó en un taburete y pidió un zumo de piña natural mientras desplegaba *O Globo*, no porque le intereresaran particularmente las noticias del día, sino para no tener que entablar conversación con el barman que parecía aburrido y con ganas de pegar la hebra con quien fuera. No es que le preocupara darle un buen corte al tipo, pero en su negocio actual había que ser discreto en la zona donde uno vivía.

Como el barman, él también se estaba aburriendo de todo aquello; dos años atrás, apenas recuperado de una mala herida de bala en el abdomen, el trabajo de Rio le había parecido una solución aceptable, y la tranquilidad de la vida brasileña, después de los años pasados al servicio de los narcos colombianos, había representado casi un periodo de vacaciones. Pero estaba empezando a hartarse de aquel trabajo miserable que no le daba más que para un hotel de segunda y algún pequeño lujo ocasional. José Da Silva estaba llamado a empresas más grandes, o por lo menos más activas. El mundo estaba lleno de guerras, unas abiertas y otras secretas, guerras donde hacía falta gente como él, guerras donde el trabajo de tres meses daba para un par de años de vida por todo lo alto, si uno conseguía salvar la piel. Se sentía despreciable haciendo aquel trabajo de señorita.

Plegó el periódico y decidió que el de los Martínez-Díaz iba a ser su último encargo; luego saldría de allí con un pasaporte nuevo, rumbo a algún lugar donde pudiera hacer trabajo de hombre.

Abandonó el local dándole vueltas a las posibilidades: Joseph Dubois, canadiense; Joe Woods, norteamericano; Giuseppe Dalbosco, italiano, argentino tal vez; José Waldner, mexicano... Lo que más le gustaba del nombre que había elegido era la gran cantidad de traducciones que tenía. Conseguir el pasaporte era lo de menos; tenía contactos, tenía suficiente dinero y si algo le gustaba en este mundo era patinar por el filo de la navaja, cuanto más estrecho y más afilado, mejor.

–¡Mira, Jandro, ahí está Silvana!

Jandro levantó la vista hacia Inés y todo su rostro se iluminó con una sonrisa al ver a la muchacha con el niño en brazos despidiéndose de un par de turistas, norteamericanos por su aspecto, en la misma terraza donde la habían visto el día anterior.

Jandro apenas había podido ocultar su decepción al no encontrarla a las nueve ni en la *Chácara do Céu* ni en el Parque de las Ruinas y su hermana se había pasado la visita tratando de distraerlo para que no cayera en una de sus fases de silencio impenetrable de las que luego era tan difícil arrancarlo.

–Vamos a invitarla a tomar algo, ¿quieres?

A veces Inés le daba la impresión de tener poderes paranormales. Era justo lo que él quería proponer, pero nunca se habría atrevido a hacer por miedo a que ella le estuviera tomando el pelo todo el día. Desde pequeña, su hermana se había especializado en ridiculizarlo públicamente cada vez que notaba que alguna chica le interesaba de modo especial, pero ahora siempre podía decir que era ella la que había propuesto la invitación, de modo que asintió, cuidando de que no se notara demasiado su entusiasmo por la sugerencia.

Bajaron caminando lentamente por el barrio hasta un mugriento local, mezcla de bar y de tienda de comestibles, ya muy cerca de la plaza de la Catedral, turnándose para llevar a João en brazos.

–Deberías comprarte un cochecito de niño, Silvana –dijo Jandro al cabo de un rato–; este peque pesa cada vez más.

Bonitinha se echó a reír.

–Sí, hombre, o un Cadillac con chófer. Anda, dámelo a mí, yo tengo costumbre.

Inés le lanzó una de sus miradas asesinas y Jandro se dio cuenta de que había metido la pata hasta la cadera. En la selva nunca había tenido dificultades de ese tipo al hablar con la gente, porque el mundo moderno quedaba tan lejos que a él mismo le parecía que todas las comodidades e inventos de la civilización eran sueños de cuento de hadas. Sin embargo en Rio, una ciudad tan moderna y avanzada como la suya, le costaba hacerse a la idea de que gran parte de la población vivía varios siglos atrás por pura falta de recursos.

—Tres naranjadas —pidió Jandro, tratando de cubrir el desliz—. ¿Alguien tiene hambre?

—Sí —dijo Inés, haciendo caso omiso a la mirada de incomprensión que le lanzó su hermano, ya que ella no solía comer nada hasta el mediodía—. Un bocadillo de lo que sea. ¿Y tú de qué lo quieres, Silvana?

Mientras las chicas devoraban sus bocadillos de jamón, Jandro observaba a Silvana que, de un día para otro, tenía ojeras y parecía no haber dormido mucho. No sabía qué había en ella que lo atrajera de ese modo: era guapa, eso era evidente, pero había algo más que no podía precisar y que lo hacía buscar sus ojos constantemente, una especie de dureza, de entereza quizá, de madurez que las chicas que él conocía no poseían, una transparencia en los ojos oscuros que parecían mirar directamente al corazón, una sonrisa explosiva que iluminaba el alma.

—¿Cuántos años tienes? —preguntó para disimular el rato que llevaba contemplándola en silencio.

—Sobre los diecisiete o dieciocho.

—¿No estás segura?

Contestó con la boca llena, negando primero con la cabeza:

—Aquí no se toman muy en serio esas cosas. En el trabajo o si me pregunta la pasma, dieciocho, eso ahorra problemas.

A su pesar, llamándose por dentro esnob y cretino, le molestaba oír a Silvana diciendo palabras como «pasma» con esa naturalidad.

—¿En qué trabajas?

—En el Kiloexpress, un restaurante de comida al peso, en Copacabana.

—Nosotros también estamos en Copacabana. Podemos ir a cenar a tu restaurante.

—No es mi restaurante, listo. ¡Ojalá! Yo sólo limpio el local. ¿En qué hotel estáis?

Antes de que Inés pudiera darle el codazo clave para que se callara, Jandro contestó:

—En el Othon Palace.

Silvana lanzó un silbido.

—¡Ahí va! ¡Ahora resulta que tengo amigos millonarios!

Jandro se miró los pies, incómodo.

—¡Qué va! Nuestro padre quería algo menos esplendoroso, pero se peleó con mamá y acabó cediendo, aunque, no te creas, estamos juntos en una habitación para que salga más barato.

Silvana lo miró de frente, con una pequeña sonrisa que a Jandro se le antojó cruel.

—Con lo que tu padre paga por esa habitación para una noche, yo viviría dos meses. Yo, con João y *Finadinha*.

—¿Quién es *Finadinha*? —preguntó Inés, tratando de desviar un tema de conversación que empezaba a ser violento.

—La mujer que vive conmigo.

—¿No vives con tus padres y tus hermanos?

—Mi padre es *garimpeiro* y viene poco por aquí. Mi madre no se quedó bien después del parto de João y vive con una hermana en São Paulo con mis tres hermanos pequeños. Los dos grandes están por ahí, y yo vivo con *Finadinha* aquí en Santa Teresa, porque la casa, bueno, lo que queda de casa, es suya. Entre las dos nos las arreglamos bastante bien.

—¿Y por qué tiene ese nombre tan raro? —Inés insistía en cubrir las preguntas de Jandro con otras que alejaran el tema de la supervivencia cotidiana y la diferencia de clases sociales.

Silvana se echó a reír.

—Ni me había dado cuenta, pero, claro, a vosotros os tiene que sonar raro que alguien se llame «difuntiña». Es porque *Finadinha* nació a la vez que otra hermana gemela, cuando aquélla aún era una casa decente y Santa Teresa aún no estaba en ruinas, hace lo menos setenta años. Nacieron muertas las dos, o eso es lo que creía la partera, pero luego se dieron cuenta de que una todavía respiraba. Como las vecinas ya habían empezado a llamarlas las «muertecitas», ésta se quedó con *Finadinha* para toda la vida, pero ya nadie se da cuenta. Es un nombre como cualquier otro, aquí casi nadie se llama como le puso el cura.

–¿Y a ti cómo te llaman? –preguntó Jandro.

–¿A mí? *Bonitinha*. ¿Te gusta? –Jandro sintió que se ponía colorado bajo la mirada pícara de Silvana–. A los turistas de ayer les pareció muy bien. También son españoles y seguro que están en Copacabana, como vosotros. ¿No los conocéis?

–No –dijo Inés–. Aquello es enorme.

–Debe de ser precioso ese hotel –continuó Silvana con voz soñadora.

–¿Quieres cenar con nosotros allí esta noche? –Jandro rehuyó a propósito la mirada de Inés; no quería saber lo que su hermana pensaba del asunto.

–Entro a trabajar a las siete. No puedo.

–¿A qué hora sales?

–A la una y media o las dos.

–Podemos tomar una copa en el bar. Arriba, en la terraza. La vista es preciosa. –Jandro estaba casi sin aliento; Inés nunca lo había visto insistir tanto con nadie.

–Si puedo, me paso por allí. En la puerta, a eso de la una y media o dos, ¿vale? Ahora tengo que irme. João empieza a tener hambre. ¿Qué vais a hacer vosotros?

–Queríamos ir al Corcovado –contestó Inés–. No sabemos cuándo vuelve papá y hay que aprovechar antes de que nos saque de aquí para llevarnos a la selva.

–¿También es *garimpeiro*? –preguntó Silvana, casi feliz.

–No, pero es una cosa parecida. Es biólogo y estudia un tipo de ranas que sólo existen en Brasil.

—¿Para qué?

Los hermanos se miraron. Ésa era la eterna pregunta de su madre, que nunca había conseguido superar la rabia de que su marido la hubiera dejado por una rana. Contestaron lo que a ellos les había hecho reconciliarse en parte con el trabajo de su padre y que sólo era una verdad a medias, porque lo que a su padre realmente le interesaba era la ciencia pura, el ser capaz de aportar conocimientos sobre la estructura social de las ranas amazónicas.

—Algunas ranas tienen en la piel sustancias químicas que pueden ser útiles como medicina.

—Me parece más lógico ser *garimpeiro*. La vida es dura y si no encuentras oro, no sales de pobre; pero si encuentras, te forras.

En ese momento João, que había estado lloriqueando durante la conversación, se puso a llorar en serio.

—Me largo. Oye, y ya que sois ricos, ¿no me podéis comprar otro bocadillo para cuando *Finadinha* vuelva?

Jandro pidió otros dos bocadillos y un refresco de litro y Silvana se marchó con las dos manos ocupadas, sin dar las gracias.

En una habitación del sexto piso del Hotel Gloria, uno de los más antiguos y de mayor tradición de Rio de Janeiro, el matrimonio español del que había hablado Silvana miraba sin ver la televisión encendida. El programa debía de ser gracioso porque el público se reía constantemente, pero ellos, sentados en el borde de los silloncitos gemelos, tenían la vista perdida y sólo intercambiaban alguna mirada tensa cuando uno de los dos creía oír un ruido que podría haber sido producido por el teléfono. Ambos estaban vestidos de calle y tenían los zapatos puestos.

—Túmbate un rato, Charo —dijo el marido al cabo de

media hora–. No tiene ningún sentido que estemos los dos esperando como idiotas. Da Silva dijo que llamaría hoy, pero no dijo cuándo.

–Estoy demasiado nerviosa para tumbarme, Rafael. Si no hubiera dejado de fumar hace diez años, me encendería un pitillo ahora mismo.

–Podríamos salir a tomar un poco el aire. Llevamos el móvil. Da igual que nos localice aquí que en otro lado.

–¿Y qué hacemos con el dinero? ¿Nos lo llevamos a pasear también?

–Para eso está la caja fuerte.

–No me fío de la caja fuerte de la habitación y no pienso arriesgarme a guardarlo en la grande del hotel para que alguien nos vea y nos pueda seguir el rastro.

El hombre soltó un bufido de exasperación, se puso de pie y empezó a pasear de un lado al otro del cuarto con las manos en los bolsillos:

–Me haces sentir como un criminal en una película barata, Charo. Esto es un simple negocio, como miles que he hecho en la vida. Queremos algo, lo pagamos y nos lo llevamos. Ya está.

–Esto es mucho más que un negocio. Es lo que más hemos deseado en esta vida. Y es nuestra última oportunidad. Si esto sale mal...

La mujer meneó la cabeza y, de improviso, se le llenaron los ojos de lágrimas que inmediatamente rechazó tragando saliva y pestañeando locamente. A Rafael lo ponía histérico verla llorar.

–Vamos, vamos..., no tiene por qué salir mal. –El hombre le rodeó los hombros con el brazo y empezó a hablarle suavemente–. En la base ya está todo hecho; no hay más que esperar unas horas y pronto podremos salir de aquí. Si se arregla hoy mismo, esta noche cambiamos de hotel. Dentro de un par de días, una semana como mucho, estaremos en nuestra nueva casa..., todos juntos –añadió bajando mucho la voz, como si pronunciara un conjuro.

–¿Y si se entera la policía? –preguntó ella casi a su oído.

–No se enterará, te lo juro, Charo, nadie se enterará nunca de esto.

Es curioso que, cuando recuerdo aquellos días, la mayor parte de imágenes que me vienen a la cabeza son de cosas que no sucedieron jamás, escenas que imaginé entonces, sueños que nunca se cumplieron. La memoria es un traidor que todos llevamos a cuestas, un confidente insidioso que se va adueñando de nuestra mente y nos muestra en colores igual de vívidos lo que realmente sucedió, lo que algún día deseamos con tanta fuerza como para grabarlo indeleblemente en nuestro cerebro, lo que temimos hasta el punto de verlo desarrollarse frente a nuestros ojos cerrados, los sueños y pesadillas de los que alguna vez despertamos, maravillados o aliviados, para darnos cuenta de que nunca habían sido reales.

Yo me empeño en revivir, con tanta claridad como la escena de Silvana en la Chácara do Céu, *una escena que nunca tuvo lugar. En ella, Silvana y yo estamos sentados a una mesita en la terraza del hotel de Río, junto a la piscina, desierta a esas horas de la madrugada. Ella va vestida de blanco y, en la penumbra, es como estar sentado junto a una nube iluminada por la luna. Hay dos caipirinhas sobre la mesa: veo su humedad perlada y casi puedo oler el perfume de la cachaça y de la lima. Ella tiene la cabeza baja y con la yema del dedo va trazando círculos con el agua que ha goteado de los vasos mientras, con una voz dulce y cultivada, una voz para cantar bossa-nova, me cuenta sus sueños, sus ilusiones para el futuro. Yo le cojo la mano, que está tibia en el dorso y fría en la palma, y me pierdo en la luz de sus ojos que reflejan todas las estrellas del sur.*

Luego recuerdo que ésa es una de mis quimeras de adolescente, que nunca estuve con Silvana en aquella terraza, que lo que realmente sucedió fue algo que yo nunca habría querido imaginar. Pero eso no lo hace menos bello, ni menos auténtico. ¿Qué diferencia hay –para mí, ahora– entre un recuerdo real y el recuerdo de un sueño? ¿Qué estúpida jerarquía de verdades ha hecho que los seres humanos tengamos que avergonzarnos de seguir viviendo gracias a una quimera?

A las dos menos cuarto de la madrugada, Inés y Jandro llevaban casi media hora esperando en la solitaria terraza de la piscina, rodeados de tumbonas desiertas. El bar había cerrado a la una y, poco a poco, conforme iban terminando sus bebidas, los clientes se habían ido a dormir o a la sala de espectáculos de la planta inferior a escuchar a una cantante que se anunciaba como «la nueva voz de la samba».

–¿Nos vamos a dormir? –La voz de Inés, aunque baja, sonó casi estridente sobre el silencio.

–Dijo entre una y media y dos. Aún no son las dos.

–¿Quién?

–No te hagas la idiota. –Hizo una pequeña pausa antes de añadir en voz más baja–: Silvana.

–¡Ah, Silvana! –Hubo un par de minutos de silencio–. Como no me habías dicho que estuviéramos esperándola...

Jandro apretó los labios en un gesto que había heredado de su madre y que a Inés le molestaba tanto en la una como en el otro.

–No quiero meterme en los asuntos de mi hermano mayor, pero Silvana también dijo que quedábamos en la puerta, por si no te acuerdas.

Jandro levantó la cabeza de golpe y su nerviosismo aumentó:

–¿Estás segura?

–Considerando la barrera de matones que hay perennemente en la puerta del hotel, me parece lo más normal.

—¿Matones?

—No sé. Policías, guardas, gorilas... ni idea. Esos tipos que van de uniforme con chaleco antibalas o así y que al parecer sirven para que sólo entren los turistas, para no dejar entrar a vendedores o prostitutas o qué sé yo. Hay veces que me pregunto dónde te pusieron los ojos.

Jandro se puso en pie.

—Vamos rápido, no sea que ya se haya marchado y crea que no hemos querido bajar.

A la una y media de la madrugada, después de haber salido del trabajo a toda velocidad y con el corazón latiéndole por la prisa y la emoción de estar a punto de atravesar por primera vez en su vida el umbral de uno de los lugares más mágicos de la Copacabana, Silvana llegó a la Avenida Atlántica, frente al Rio Othon Palace, iluminado como una estrella.

Incluso a aquellas horas, todas las luces del vestíbulo y los salones estaban encendidas y los taxis y coches con chófer paraban y arrancaban en la puerta para dejar subir y bajar pasajeros elegantemente vestidos. Varios gorilas de traje y corbata bromeaban con unas muchachas algo mayores que ella mientras les impedían el paso hacia el vestíbulo del hotel. Por suerte, vendrían a buscarla sus nuevos amigos; de otro modo, la barrera de gorilas y guardias sería infranqueable para una muchachita como ella.

Se detuvo frente al hotel, delante de un coche estacionado, y se miró en los cristales oscuros: estaba guapa.

Había ido rápidamente al *Cyrano* y, entrando por la puerta de servicio, se había puesto en el lavabo del personal la ropa que le había prestado Joanna entre risas y grititos de admiración: unos pantalones de lycra rosa vivo que le ajustaban como una piel brillante hasta las pantorrillas, altas sandalias blancas y una blusa blanca anudada a la altura del pecho. Se había cepillado enérgicamente la melena, que ahora enmarcaba su rostro como una flor, y se había dejado convencer por su amiga para pintarse los labios de un rosa brillante, del mismo color que los pantalones y que los aretes de plástico que se destacaban sobre su pelo oscuro.

«Pareces una actriz de cine», le había dicho Joanna, antes de despedirse en la esquina de la Avenida Atlántica con un abrazo. «Fíjate bien en todo y luego me lo cuentas, ¿eh? Ojalá pudiera estar en tu lugar.»

Y ella se había ido a toda prisa, balanceándose sobre sus altos tacones, dispuesta a hacer su entrada triunfal en el gran mundo que siempre le había estado vedado. Pero llevaba más de veinte minutos esperando y sus amigos no habían salido a recogerla. Una muchacha mulata, medio desnuda bajo su traje transparente, se le había acercado a pedirle fuego y a preguntarle qué estaba haciendo allí, si la había mandado Oliveira. Negó con la cabeza y le dijo con el mayor aplomo que pudo reunir que estaba esperando a unos amigos que se alojaban en el hotel. La mulata se alejó con una sonrisa extraña, murmurando por lo bajo.

A las dos menos diez vio llegar un taxi del que se bajó la pareja de españoles mayores que le habían dado unos dólares el día anterior. Cuando ya estaba a punto de saludarlos y pedirles que la dejaran entrar con ellos a ver si localizaba a sus amigos, notó en el hombre una mirada furtiva que la inmovilizó, haciéndola buscar el relativo refugio de la sombra que daban los cocoteros.

El hombre pasó el brazo por los hombros de su mujer, que apretaba contra su pecho un niño pequeño cubierto completamente por una manta azul, y, sin dejar de mirar alrededor, como si temiera verse descubierto, los acompañó al interior dejando las maletas al cuidado del mozo.

¡Qué raro!, pensó Silvana. ¿De dónde vendrán, tan tarde y con un nieto?

A través de la cristalera vio al hombre acercarse al mostrador de recepción mientras la mujer se acomodaba en uno de los sillones de la entrada con el niño en brazos y destapaba la punta de la manta para mirar la cara del bebé. A pesar de la distancia, vio aparecer en su rostro una expresión de felicidad que parecía de otro mundo. Debía de querer mucho a aquel niño para ayudar a su hija llevándoselo a un viaje tan largo; pero, claro, ellos tenían dinero. Podían contratar a una muchacha que lo cuidara cuando querían salir a cenar; podían llevarlo a un buen médico si se le estropeaba la tripa; podían comprarle un cochecito para sacarlo a pasear, y juguetes y golosinas. Todo lo que su João no tendría nunca.

Notó que estaba empezando a ponerse triste y, a pesar del cansancio y de las incómodas sandalias, empezó a pasear arriba y abajo por la acera, sin fijarse en los taxis que aminoraban la marcha para que sus ocupantes masculinos pudieran echarle una mirada al pasar.

De pronto, al volverse, descubrió a Jandro en la puerta del hotel buscando con los ojos, y el corazón pareció saltarle en el pecho. ¡Había salido a buscarla! Se apresuró a volver mientras con la mano le hacía gestos de saludo para que la esperara y no volviera a entrar.

Sus miradas se cruzaron durante un instante y enseguida Jandro apartó la vista. Silvana lo vio mirarla, lo vio recorrer su figura con los ojos y luego desviar la vista y la cabeza como si siguiera buscando, como si no quisiera darse cuenta de que era ella, de que había acudido a su invitación. Luego lo vio darse la vuelta y entrar en el vestíbulo, donde se reunió con Inés que le preguntaba algo a lo que Jandro contestaba sacudiendo la cabeza.

La había visto y no había querido reconocerla. Se había

dado cuenta de que el maravilloso hotel para europeos ricos no era un lugar donde una muchacha que limpiaba en un Kiloexpress pudiera sentarse a tomar una copa con gente como ellos. La había tratado como si fuera basura, como un papel que el viento te pega a la cara y desprendes con asco, a manotazos, para que siga volando hasta el estercolero del que salió.

Antes de que las lágrimas le impidieran ver los coches que pasaban por la avenida, se lanzó a cruzarla para desaparecer cuanto antes, para que nadie se diera cuenta de su humillación.

Oyó la voz de Inés gritando:

–¡Espera, Silvana, espérame! ¡No te vayas, Silvana!

Pero siguió corriendo desesperadamente hasta que, en una calle lateral, se quitó las sandalias para correr mejor y alcanzó en el último instante un autobús nocturno que pasaba en dirección a su barrio.

Tres horas antes, mientras Silvana recogía platos sucios en el Kiloexpress soñando en su cita con los jóvenes españoles, *Finadinha*, después de haberse asegurado de que João dormía como un bendito, apagaba la lámpara de petróleo, para no gastar, y empezaba a rezar sus oraciones.

Había muchos más muertos que vivos en su vida y, si algo se le había quedado profundamente grabado en la mente desde su primera infancia, era que los difuntos necesitan que los vivos recen por ellos para aliviarles la estancia en el purgatorio. Por eso, desde que apagaba la luz, mientras las hierbas de la tisana se iban reposando, encendía las dos mariposas que ardían frente a la estampa de la Virgen de los Afligidos y empezaba a rezar por todos sus seres queridos: por sus abuelos; por todos sus hermanos muertos, especialmente por su hermana gemela, que murió al nacer;

por sus padres; por la madre de Silvana; por sus amigas y, al final, por todos los muertos desconocidos que no tuvieran quien rezara por ellos.

Se iba desnudando lentamente –casi todos los vestidos que tenía procedían de tiempos más felices, treinta o cuarenta años atrás, y estaban llenos de botones–, daba sorbitos de la tisana que le había recetado la señora María para el insomnio, miraba a João de vez en cuando para ver si se había destapado y, cuando por fin estaba lista para tumbarse en la cama, empezaba a rezar por los vivos: por Silvana primero, que era el ángel que Dios le había enviado para su vejez; por su padre, que estaría en algún lugar de la selva, entre fiebres y mosquitos, lavando arena de río con la esperanza de encontrar alguna pepita de oro que los sacara de la miseria; por João, para que Dios se dignara concederle una vida mejor que la de ella; y al final, sólo al final, si conseguía quedarse despierta el tiempo suficiente, por ella misma, para que la muerte le llegara deprisa y sin dolor, para no convertirse en una carga para *Bonitinha*, para que el Señor la acogiera en su seno después de una vida tan larga y tan llena de privaciones.

Estaba ya acostada y empezando a sentir que flotaba en una nube cálida subiendo hacia el cielo como una gaviota, cuando un murmullo junto a su ventana la sobresaltó y le hizo abrir los ojos de golpe. Había sido un voz masculina, pero no había podido comprender las palabras.

Su ventana daba al jardín por la parte del fondo. ¿Qué hacía un hombre en el jardín a medianoche?

Se sentó en la cama pestañeando en la oscuridad y, por puro reflejo, fue a ver si el pequeño estaba bien. Tuvo que acercarse mucho porque João respiraba con tanta suavidad que a veces temía que hubiera muerto durante el sueño. Pero no, todo estaba bien. Quizá era ella la que había estado soñando cuando le había parecido oír la voz.

Volvió a su cuarto, dejando las puertas abiertas, y entonces creyó oír el crujido de lo que quedaba de la puerta de atrás.

–¿Quién anda ahí? –preguntó a media voz.

No le respondió más que el silencio.

Finadinha, hija, se dijo a sí misma, te estás haciendo francamente vieja. Ya oyes cosas que no son.

En lugar de volver a acostarse, se arrodilló junto a la cama y empezó a rezar de nuevo para tranquilizarse. Hoy *Bonitinha* vendría tarde, la habían invitado unos turistas, una pareja de hermanos jóvenes, y le hacía tanta ilusión a la pobre, que ella no se había atrevido a decirle que cada vez le gustaba menos quedarse sola en casa con el bebé. Se estaba volviendo cobarde con los años. Le daba miedo que hubiera un incendio, o que empezara uno de esos fuertes aguaceros que se colaban por las grietas del techo y caían sobre las pocas cosas que poseían, o que pudiera meterse una rata hambrienta en la casa. Ella tenía ya casi ochenta años y no se veía capaz de salir corriendo con João en brazos para ponerlo a salvo. Pero la muchacha era tan buena, trabajaba tanto para que pudieran salir adelante todos juntos, que no quería preocuparla hablándole de sus propias preocupaciones.

Ya casi había conseguido calmarse por completo, cuando oyó con toda claridad unos pasos, pasos de dos o tres personas, en el pasillo que llevaba de la cocina a los dormitorios –lo que en época de sus padres habían sido hermosos y amplios dormitorios y ahora no eran más que cuartos sin apenas muebles desde que lo había tenido que ir vendiendo todo para sobrevivir.

Se puso en pie, temblorosa, y, cogiendo uno de los cuencos de mariposas de la Virgen, se asomó a la oscuridad del pasillo dispuesta a meterse en la cama de *Bonitinha* para estar con el niño.

Una mano la inmovilizó por el cuello mientras la luz de una linterna le quemaba los ojos. La mariposa de luz cayó al suelo y se apagó con un siseo.

–Tranquila, abuela. Sólo hemos venido a buscar una cosa y nos marchamos enseguida. Si te portas bien, no te pasará nada. Si gritas, te mato –dijo una voz masculina a su oído, una voz desconocida con acento español.

La luz de la linterna se desvió y *Finadinha* pudo ver una sombra entrando en la habitación de *Bonitinha*.

–¡El niño! –gritó–. ¡Está durmiendo!

–El niño se viene con nosotros de paseo, abuela.

La anciana empezó a debatirse entre los brazos del hombre que la sujetaba por detrás, mientras el otro salía del cuarto con el niño, que había empezado a llorar.

–¡João! *¡Filinho!* ¿Qué van a hacer con él? ¿Adónde lo llevan?

El hombre lanzó una mirada torcida hacia la imagen de la Virgen, ahora iluminada sólo desde la izquierda, y el diente de oro brilló en la penumbra.

–Tus oraciones han sido escuchadas, vieja. Tu nieto vivirá como un príncipe y tendrá todo lo que tú nunca pudiste soñar. Deberías estar contenta.

–Pero *Bonitinha*... Silvana...

–La muchacha vivirá mejor sin un mocoso pegado a las faldas.

–Se morirá de pena.

–No es más que una cría. Se le pasará. Puede tener muchos más.

El hombre la había ido arrastrando hacia la puerta rota de la cocina por la que el otro había desaparecido ya, llevándose a João. Al pasar junto a la jofaina de fregar, *Finadinha* vio un cuchillo que había dejado allí después de pelar la batata de la cena. Lo cogió, sin saber bien qué pensaba hacer con él y trató de clavárselo al hombre en la mano para que la soltara. El corte, poco más que un arañazo, fue suficiente para enfurecer al que la había estado agarrando. Soltó una maldición y, de un golpe rápido y seco, le torció el cuello a la anciana, que se desplomó como un saco en el suelo de la cocina.

–¡Imbécil! –murmuró Da Silva. Sacó un pañuelo del bolsillo, se limpió la mano, se echó al hombro el cadáver de *Finadinha* y, maldiciendo por lo bajo, salió de la casa y atravesó el enmarañado jardín. No había contado con tener que matar a la vieja, pero sus reflejos le habían hecho actuar de modo automático. Daba igual. Nadie se iba a preocupar por una vieja de más o de menos.

Una vez en la calle, cogió a la anciana delicadamente en brazos, como si fuera a llevarla a la cama, y caminó los diez pasos hasta donde esperaba el coche. El mocoso se había dormido con las gotas que acababa de darle el Guapo y estaba tumbado en el asiento trasero como un montoncito de carne rosada.

–Abre el maletero –le dijo en español–. Ahora a mí me dejas con el encargo en el hotel de los clientes y tú te vas a ver a Pinto y le dices que hay que sacar la basura. Ya llamaré yo cuando esté todo claro.

Antes de subir al coche, paseó la vista por las casas de la vecindad, oscuras y calladas, y sonrió por dentro. Nadie, por supuesto. Nunca había nadie. Y si lo había, era lo bastante listo como para saber que le convenía no haber visto nada.

Subió al coche y encendió un habano mientras el Guapo conducía por el laberinto de callejas de Santa Teresa hacia el Hotel Gloria.

3

A las diez de la mañana, Silvana y su amiga Joanna, ambas pálidas, con ojeras de haber pasado la noche en blanco y los ojos hinchados y enrojecidos de llorar, estaban en una salita de la parroquia de Nuestra Señora del Carmen esperando que dom Ricardo volviera de decir misa. Desde el amanecer habían recorrido el barrio preguntando a todo el mundo por si alguien sabía algo de João y de *Finadinha*, pero nadie había sabido darles ninguna información. Habían registrado toda la casa buscando alguna pista que pudiera indicarles qué había pasado y no habían logrado sacar nada en limpio. Las pocas cosas que poseían seguían en su lugar, no había nada roto ni revuelto, era simplemente como si se hubieran disuelto en el aire.

La noche anterior, cuando Silvana llegó a casa, triste y furiosa a la vez, deseando contárselo todo a *Finadinha* y abrazar a João como consuelo a la humillación que acababa de sufrir, la mariposa frente a la estampa de la Virgen seguía encendida, pero ellos habían desaparecido. Había buscado por todas partes y lo único que le había llamado la atención era que la otra mariposa estaba tirada en el suelo junto a la puerta del cuarto de *Finadinha* y que había un cuchillo de pelar patatas, con sangre en el filo, debajo de una mata del jardín trasero, como si alguien lo hubiera enviado allí de una patada.

Había salido corriendo de inmediato a casa de su amiga y se habían pasado lo poco que quedaba de noche llorando y haciendo cábalas, esperando que saliera el sol para lanzarse a preguntar a los vecinos, lo que se había revelado totalmente estéril. Por eso ahora, como última salida, habían pensado recurrir a dom Ricardo, que era el párroco de confianza de *Finadinha*, para ver si él podía aconsejarles sobre qué hacer a continuación.

—No me has contado qué tal lo de anoche en el Othon —dijo Joanna al cabo de unos minutos de silencio.

Silvana se encogió de hombros y sorbió por la nariz.

—Me importa un pepino el Othon y los turistas.

—¡Bueno, mujer, era por hablar de algo más alegre!

Más alegre, pensó Silvana. La peor humillación de su vida, y eso que no habían sido pocas. Pero ahora de verdad no le importaba. Lo único que quería era recuperar a João y saber qué había sido de *Finadinha*.

Las dos se pusieron en pie cuando vieron entrar a dom Ricardo, una gran figura de autoridad para muchos de los habitantes de Santa Teresa, a pesar de su juventud y de que su parroquia estaba, de hecho, fuera de los límites del barrio, al pie de la colina, en un terreno que al principio de la fundación de la ciudad había sido un marjal lleno de mosquitos y ahora era una zona céntrica donde la iglesia de Nuestra Señora del Carmen destacaba con su única torre como la joya colonial que era.

El cura llevaba vaqueros y un polo negro, lo que lo hacía casi demasiado joven e informal como para parecer una figura paterna, pero las muchachas sabían que era inteligente y bueno y, sobre todo, que estaba siempre dispuesto a escuchar y a echar una mano en lo que hiciera falta.

Las hizo pasar a su despacho, una sala antigua llena de goteras en el techo y grietas por las paredes, amueblada con muebles gigantes, oscuros y rematadamente feos que habían ido pasando de párroco en párroco desde los tiempos de la fundación del Carmo de Lapa, allá por el siglo XVIII.

Las dos muchachas, atropellándose y quitándose la palabra continuamente, acabaron por enterarlo de lo sucedido. Dom Ricardo se fue poniendo serio y, cuando se callaron por fin, tardó un minuto en contestar.

–Vamos a ver si lo he captado. Tú llegaste a casa anoche, después del trabajo –dijo dirigiéndose a Silvana–, a eso de las dos y media o tres menos cuarto, ¿no?

Ella asintió con la cabeza.

–Tendrías que buscarte otra cosa, Silvana. No son horas para una muchacha sola.

–Normalmente volvemos juntas, padre –intervino Joanna–, pero anoche *Bonitinha* tenía una cita.

La mirada de dom Ricardo se hizo dura.

–Silvana, tú me prometiste hace año y medio...

–No, padre –continuó Joanna–. Son unos hermanos españoles, chico y chica, de nuestra edad, que querían invitarla a tomar algo en su hotel. Son amigos.

–Bien, de momento no hace al caso, ya lo hablaremos. Lo que cuenta es que cuando llegaste no había nadie y ninguno de los vecinos sabe decir nada al respecto. ¿Se te ha ocurrido que puede haberle pasado algo al niño o a *Finadinha* y que hayan tenido que ir a un médico o a un hospital?

Silvana lo miró, incrédula.

–*Finadinha* no se hubiera echado a la calle a esas horas, sabiendo que yo estaba a punto de llegar. La pobre casi no puede con su alma.

—Pero si el niño se hubiera puesto muy mal...
—Lo habría acercado a la señora María. Pero hemos estado a verla y no sabe nada.

La señora María era una anciana mucho más vieja que *Finadinha* que hacía de médica o curandera de todos los pobres de la zona que no podían permitirse pagar en caso de enfermedad.

—De todos modos voy a llamar a los hospitales de la zona y a informarme de si han ingresado a un niño o una anciana la noche pasada. ¿Cómo se llama *Finadinha* de verdad?

—Amelia Morães —dijo Silvana, después de pensarlo un momento.

—¿Y el niño?
—João Pinto.
—Bien, pues ahora —se puso en pie y sacó un par de billetes del bolsillo de los vaqueros—, os vais ahí enfrente al bar ese que se ve desde aquí y os tomáis un batido y algo de comer mientras yo hago las llamadas. En cuanto acabe, voy para allá y a lo mejor, mientras tanto, se me ocurre algo más.

Las vio marchar con los hombros encogidos, como si hiciera mucho más frío de los veinte grados que marcaba el termómetro y sacó la guía de teléfonos pensando que, en el fondo, sería una suerte que estuvieran en algún hospital, porque otras alternativas eran infinitamente peores.

No quería ni pensarlo, pero cabía la posibilidad de que lo hubieran raptado para apoderarse de alguno de sus órganos vitales que en el mercado negro tenían un altísimo valor. Podrían sacarle un riñón y permitirle seguir con vida o simplemente matarlo y aprovechar sus riñones, su corazón y su hígado para trasplantes. Siempre había clientes necesitados de órganos que no se preocupaban de la procedencia ni del precio.

Podía también darse el caso, menos horrible pero indudablemente trágico, de que alguien hubiera robado al niño para venderlo. João era un bebé precioso, sano y totalmente blanco. Muchos matrimonios de clase alta estarían más que dispuestos a una compra ilegal y eso, que destrozaría a la pobre Silvana, era casi lo mejor que podía pasarle, considerando las otras opciones. João era un niño nacido prácticamente en la *favela*, un niño que nunca tendría ninguna oportunidad de ir a la escuela, a pesar de las nuevas leyes, que acabaría ganándose la vida descargando camiones en el mercado o robando por las calles o muerto, antes de llegar a la adolescencia, en una pelea de navajas o de una sobredosis de cualquiera de las drogas adulteradas que abundaban en la zona. Pero Silvana era animosa y trabajadora y contaba con su ayuda y la de todos los feligreses de su parroquia. Si recuperaba a João sano y salvo, entre todos, con la ayuda de Dios, procurarían que el niño tuviera un futuro.

Alejandro tamborileaba impaciente sobre el mantel blanco de la mesa del desayuno que su hermana se estaba tomando con más calma de lo habitual. Era la segunda vez que iba a servirse del magnífico buffet un plato de frutas tropicales, mientras que él apenas si había sido capaz de tragarse una taza de café con leche.

La sala de desayuno estaba brillantemente iluminada por los rayos del sol de la mañana y desde su mesa, junto a la cristalera, se veían romper las olas del Atlántico en la playa de arena blanca, enmarcadas por las graciosas copas de los cocoteros plantados a trechos regulares en la famosa acera de la Copacabana con su diseño de ondas en blanco, azul y rojo.

–No tienes que ponerte tan nervioso, Jandro –le dijo Inés sacando con una cuchara la pulpa de una papaya–. Primero hay que dejarla dormir, luego subiremos a la *Chácara*, aunque, la verdad, no creo que tenga ganas de encontrarse con nosotros después de lo de anoche. –Atajó la respuesta de su hermano–. Si no está allí, empezaremos a preguntar por el barrio. En el bar donde estuvimos, creo que la conocían. Y en el peor de los casos, esperamos hasta las siete y vamos al Kiloexpress a disculparnos con ella. Es decir, a que te disculpes. Al fin y al cabo, yo no he hecho nada.

–Yo tampoco –dijo él de mal humor.

–Sí, eso es justamente lo malo, que no has hecho nada.

–Es que..., Inés... tienes que comprenderlo..., ella vino... vestida de una manera que... que parecía...

–Ya lo sé. Una fulana, vale. Pero es que, primero, es pobre, ¿sabes? No tiene un armario como nuestras amigas para elegir lo que mejor va con el ambiente y la ocasión. Y, segundo, es carioca.

–¿Y qué? Hay cariocas con muy buen gusto.

–Sí, ya. Pero tú has visto los escaparates de las tiendas normales; quiero decir, las que no cuestan un sueldo entero. La ropa que se lleva aquí no es la misma que en Europa. Y si te has fijado en los precios y en las condiciones de compra...

Los dos se habían quedado muy sorprendidos al ver que en las tiendas los precios de la ropa, los zapatos y demás artículos de lujo, venían marcados con 3x, 4x o 5x, lo que quería decir que el precio de cada cosa se podía pagar en tres, cuatro o cinco plazos. Unas zapatillas de deporte podían costar una buena cantidad al mes durante cinco meses. Con un sueldo bajo brasileño, un tercio de lo que uno ganara podía irse tranquilamente en ir pagando las zapatillas que uno llevaba puestas. Por eso mucha gente se contentaba con unas chanclas de plástico, tanto en invierno como en verano.

–No sé qué me pasó, Inés. Lo único que quería era desaparecer, que me tragara la tierra.

—Sí —masculló ella empezando a atacar un plato de mango ya troceado—, me figuro que Silvana también.

—Pero ¿me entiendes?

Ella lo miró de frente y asintió. Apenas dos años atrás había conseguido convencer a su madre de que la dejara ir a una discoteca por primera vez, a la sesión juvenil de ocho a once, con una compañera de colegio, y cuando la amiga se presentó en su casa y vio cómo iba vestida y maquillada, deseó ponerse enferma de golpe para no tener que ir, para no tener que salir a la calle con ella y que todo el mundo pensara que eran iguales. Por fortuna, su madre debió de sentir lo mismo y le dijo a la compañera que Inés estaba castigada y no podía salir. Nunca en su vida habría creído posible estarle tan agradecida a su madre por haberle prohibido algo. Comprendía perfectamente a Jandro, pero no podían dejar que la cosa quedara así.

—Anda, come algo y nos vamos.

Él negó con la cabeza, incómodo.

—Come ahora y nos ahorramos el almuerzo. El desayuno está incluido y es una lástima no aprovecharse. Hay pastas, pasteles, tostadas, yogures, huevos, fiambre, fruta... de todo. Algo te apetecerá.

Él siguió en silencio, tan testarudo como siempre. Inés acabó por soltar un bufido.

—Ahora la imbécil de Inés, como de costumbre, tiene que levantarse, preparar unos bocadillos y esconderlos en el bolso para cuando al señor le entre el hambre. ¡Mira! —dijo cambiando repentinamente de tema—. ¿No son ésos los turistas españoles que le dieron dinero a Silvana el otro día? ¡Qué casualidad que estemos en el mismo hotel!

La pareja, él delante, ella detrás, abrazando estrechamente a un bebé en una mantita azul, seguían al *maître* que los acompañaba a una mesa de la zona de no fumadores, junto a la cascada artificial que caía en el estanque de bambús y bromeliáceas.

Jandro los miró desinteresadamente.

—Sí, es verdad, parecen los mismos. Pero el otro día iban sin niño.

—¿No te parecen muy mayores para tener un crío tan pequeño? —preguntó Inés, curiosa.

—Será un nieto. Aunque, la verdad, chica, a mí todas las mujeres de más de treinta años me parecen iguales. De viejas, quiero decir. No tengo ni idea de qué edad pueda tener esa mujer.

—Yo diría que cerca de cincuenta, pero bien llevados. ¿Nos acercamos a saludarlos y cotilleamos un poco?

Jandro se puso las gafas de sol y se levantó.

—Yo no. Tú haz lo que quieras, pero si sigo un minuto más aquí, me da un telele. Vamos a buscarla.

Inés se levantó con más parsimonia, se acercó a la mesa del buffet, cogió unos panecillos y unas lonchas de jamón en una servilleta, los guardó en el bolso bajo la mirada de pocos amigos del maître, añadió dos manzanas y, con una esplendorosa sonrisa en dirección al camarero que montaba guardia en la puerta para que no se colara en el desayuno nadie ajeno al hotel, siguió a su hermano que esperaba, impaciente, que se abrieran las puertas del ascensor.

—¿Cuándo ha dicho Da Silva que estará todo arreglado? —preguntó Charo a su marido por encima de la taza de café.

Había hablado casi en susurros, pero Rafael le dirigió la inequívoca mirada de «ahora no».

—Rafa, por favor, es una pregunta totalmente inocente. No hay que ponerse paranoicos.

—Los papeles hoy o mañana. Si todo va como pensamos, nos marchamos dentro de tres días.

—Hay que salir a comprar de todo. La leche en polvo que nos dio ayer ese hombre no le gusta al niño. Y me parece que duerme demasiado, yo creo que no es normal. Habría que llevarlo a que lo vea un médico.

—Nada más llegar a España puedes llevarlo a todos los pediatras que se te ocurran, Charo. De momento, si quieres, le compramos un cochecito de esos plegables y pañales, papillas y lo que haga falta, pero de médicos nada. Anda, come algo, que te has pasado la noche en vela.

—Es que como no se le oye casi respirar, tenía miedo de que...

Se sonrieron y él le cogió la mano libre.

—Pronto nos acostumbraremos, ya verás. —Se inclinó por encima de la mesa a darle un beso y ella aprovechó la cercanía para preguntarle al oído—: ¿Les has dicho que le pongan Fernando, como mi padre?

Él asintió sin perder la sonrisa. No tenía sentido decirle a Charo que las cosas no eran tan sencillas, que Da Silva le había dado a entender que los papeles podían retrasarse un poco por ciertas dificultades con la policía de fronteras, y que quizá costaran algo más de lo que tenían apalabrado. Le hacía tan feliz verla con el niño en brazos que no quería empañar esa alegría con ninguna mala noticia. Era cuestión de días. Luego el pequeño sería oficialmente hijo suyo y, cuando llegaran a España, se incorporaría a su nuevo puesto en Málaga, donde no los conocía nadie, y empezarían una nueva vida como una familia normal. Charo sólo tenía cuarenta y cinco años; un poco tarde para el primer hijo, pero nada extraordinario hoy en día. Dirían que llevaban años probando y al final, después de un tratamiento hormonal en Suiza, lo habían conseguido por fin. En la partida de nacimiento que les entregarían constaría que la criatura había nacido en una clínica privada de Rio de Janeiro un par de meses atrás y, si alguna vez tenían que explicarlo, dirían que Charo había ido a dar a luz con el mejor ginecólogo que les habían recomendado sin reparar en gastos. El pequeño era totalmente blanco; nadie pensaría jamás que fuera adoptado. A nadie se le ocurriría que pudiera ser un niño brasileño sacado de la miseria. Da Silva les había explicado toda la situación: una madre ya mayor, doce hijos de todas las edades, un padre *garimpeiro* en la selva, el pequeño siempre al cuidado de una hermana adolescente, la mendicidad como única fuente de ingresos... y de repente, el golpe de suerte: un matrimonio europeo, acomodado, dispuesto a pagar veinte mil euros por la criatura y la seguridad de que tendría un espléndido futuro. Con ese dinero la familia podría sobrevivir durante bastante tiempo y conseguir que los hijos más pequeños tuvieran también una oportunidad. Luego había que añadir los cinco mil euros que se llevaba la organización de Da Silva en concepto de comisión y lo que costara la falsificación de los documentos. Era caro; pero bien mirado, era el mejor negocio de su vida. Cualquier coche de lujo costaba más y no conseguiría poner esa mirada y esa sonrisa en el rostro de Charo.

Ahora tenían un hijo, después de tantos años, y estaba dispuesto a cualquier cosa con tal de salir de Brasil los tres juntos y empezar a vivir su nueva vida en Málaga.

Mientras Inés y Jandro recorrían el corto trecho desde la parada del tranvía hasta la entrada del Parque de las Ruinas, junto a la *Chácara do Céu*, dom Ricardo explicaba a las muchachas que sus pesquisas telefónicas no habían dado fruto, lo que era de agradecer porque significaba que ni João ni *Finadinha* estaban ingresados en un hospital.

–¿Entonces qué? –preguntó Silvana, cada vez más nerviosa.

–Entonces tú y yo vamos ahora a la comisaría y presentamos

una denuncia. Ahora son ellos los que tienen que buscar; nosotros ya hemos hecho lo que estaba en nuestra mano.

–¿Y usted cree, de verdad, que la policía va a hacer algo para buscar a una vieja mendiga y a un bebé de las *favelas* de Santa Teresa? –El tono de Silvana sonaba doloroso en los oídos del cura porque sabía que en gran parte tenía razón. La policía brasileña estaba muy mal pagada, su trabajo era ingrato y peligroso, tenían otras cosas que hacer y, si buscaban a las personas desparecidas, era más bien como un suplemento de sus obligaciones. Si las encontraban, solía ser por casualidad, pero no podía decirle lo que realmente pensaba, de modo que lo cubrió lo mejor que supo.

–La policía tiene medios que nosotros no tenemos; se pasan el día en la calle, conocen a todo el mundo, tienen sus informantes..., es lo único que podemos hacer, *Bonitinha*.

Silvana no se sentía capaz de volver a pasar por una humillación como la de la noche anterior, pero sabía que no le iba a quedar más remedio. De todos modos, lo intentó:

–¿Y si va usted solo, dom Ricardo? A usted lo escucharán.

–Vamos los dos, hija. Nos escucharán, te lo aseguro.

Silvana se puso en pie y se alisó la bata sobre las caderas, consciente de que con esa ropa y las chanclas de playa y la cara hinchada de llorar ni siquiera contaba con la pequeña ventaja de su belleza para enternecer a los policías.

–¿Puedo ir hoy a dormir a tu casa, Joanna? Si *Finadinha* y João aún no han vuelto esta noche, no quiero quedarme sola en aquella ruina.

Joanna se mordió los labios.

–Allí estamos ya como sardinas en lata. Si quieres, me voy yo a la tuya, después del trabajo.

Por un momento a Silvana le pareció casi ridículo tener que pensar en el trabajo. Ir al Kiloexpress a las siete, como si nada, ponerse el babatel y empezar a limpiar sin saber dónde estaban João y *Finadinha*, si volvería a verlos alguna vez.

–Te recojo como siempre –le dijo a su amiga antes de marcharse con dom Ricardo–. Si ves que no llego, te vas a casa sin esperarme más. Ya me pasaré mañana.

–Te esperaré aunque sea toda la noche, *Bonitinha*.

Se dieron un abrazo rápido y Silvana se marchó con el párroco. Joanna pensó que harían buena pareja; luego se dio cuenta de lo que acababa de pensar y le dio un ataque de risa.

Zé Da Silva estaba de buen humor al salir del gimnasio. De hecho, llevaba de buen humor toda la mañana, desde el momento mismo de levantarse y darse cuenta de que su último trabajo en Rio estaba prácticamente concluido. Pinto se habría deshecho de la vieja, los españoles estarían haciéndole cucamonas a su hijo recién comprado y lo único que faltaba por hacer era tener al cliente pataleando y boqueando en el anzuelo durante dos o tres días para que el precio de los documentos subiera lo suficiente como para que su propia tajada fuera aceptable. A él tampoco le salían gratis los papeles y en ese momento necesitaba un mínimo de dos pasaportes con sus respectivos carnets de conducir y tarjetas de crédito. Rio se había acabado para él, aunque aún no tenía claro qué hacer a continuación. Le habían ofrecido un trabajo de entrenador en la selva de Venezuela y un colega le había hablado de un país africano donde pronto necesitarían urgentemente tipos como él; pero la verdad era que no tenía mucha prisa en llegar a una decisión. Modestamente como vivía, tenía para unos meses sin agobios y luego una de sus ideas era ver de colocarse de jefe de seguridad en casa de alguna estrella de cine o algún cantante de moda. Era un mundo que no conocía y, como experiencia, le resultaba atrayente. Más que raptar mocosos y quitar de en medio a sus abuelas. Más que matar simulacros de soldados, chavales de quince años sin más entrenamiento que un fusil entre las manos, en algún país infectado de sida y plagado de mosquitos y serpientes venenosas.

Simpre le ponía de buen humor darse cuenta de sus posibilidades, ahora que todo el mundo se quejaba de lo difícil que era conseguir un trabajo. ¡Imbéciles! Trabajo había de sobra. Siempre había alguien dispuesto a pagar por que le ajustaran las cuentas a un competidor, por que desapareciera una esposa molesta, por que quedara eliminada una banda rival, por que alguien protegiera de intrusos la dorada intimidad de una finca con piscina en forma de corazón. Para los que no había trabajo era para la horda de desgraciados analfabetos que no sabían más que limpiar retretes o para la estúpida clase media, imbéciles con aspiraciones que pensaban que con hablar un idioma extranjero y haber tomado clases de piano tenían derecho a cobrar hasta el fin de sus días. Y que, además, querían llegar a viejos.

Eso era algo que Zé Da Silva nunca había podido comprender: ese deseo de que la vida fuera larga, aunque fuera miserable. Él nunca se había podido imaginar a sí mismo a los setenta años; le daba asco sólo pensarlo. Andar arrastrando los pies del dormitorio al televisor, perder los dientes, tener que acercar las cartas hasta tocarlas con las pestañas para descifrar el mensaje, ver la cara de repugnancia de las mujeres, su rápida sonrisa fingida, cuando su mano arrugada se deslizara hacia sus cuerpos firmes, no poder parar los golpes, no poder devolver las ofensas, dejarse comer por un cáncer, en silencio, yendo día sí día no al hospital para prolongar la vida unas semanas.

Su concepto de la vida era muy distinto. Él quería vivir a tope, vivir rápido, con la mayor intensidad, disfrutar de todas las cosas buenas del mundo mientras su cuerpo respondiera a sus deseos, y en algún momento, aún en la plenitud de sus facultades, tropezarse con un cuchillo más rápido, con una bala mejor dirigida, con una bomba ignorada y seguir su camino hacia donde fueran los muertos después.

Caminando elásticamente por la suave arena de Leblón, el barrio de los ricos, disfrutaba de sentir la brisa en el pelo tan corto, el sol en la cara, el olor a aceite de coco que desprendían los hermosos cuerpos de las muchachas, tanto brasileñas como extranjeras, que se doraban como pollos crujientes y apetitosos mientras los chicos jugaban al voley-playa mostrando sus abultados músculos de gimnasio.

Ni por un momento se le ocurrió pensar que estuviera mal lo que hacía para vivir. Caso de reflexionar sobre ello, habría dicho que la vieja había vivido ya mucho más de lo razonable y que al crío le había tocado la lotería. Zé Da Silva había nacido también en las *favelas* de São Paulo y su lotería había tomado la forma de un tío materno que se lo llevó al norte a los trece años para que lo ayudara en una plantación de caucho de la que era capataz. Allí empezó de *siringueiro* y, al cabo de unos años, se había ganado la impresionante fama de matón que lo elevó sobre los demás desgraciados que se contentaban con unos reales por trabajar de sol a sol. De ahí pasó a Colombia y, desde entonces, su lengua había sido el español, mezclado con el inglés macarrónico que se hablaba también en el mundo al que se había ganado el derecho de pertenecer: el mundo real, el del *big money*, las mujeres guapas y los hombres duros.

Al crío le iba a costar menos que a él; se lo darían todo en bandeja de plata. Viviría en una casa con aire acondicionado en verano y calefacción en invierno, llevaría buena ropa, comería en restaurantes caros, tendría regalos de Navidad, se haría fotos con Micky Mouse en Disneylandia, estudiaría una carrera y conseguiría un trabajo bien pagado en el que no tuviera que ensuciarse las manos, una casa de lujo, una mujer elegante y un coche italiano, y aprendería a mirar por encima del hombro, como todos los blancos, ricos o no, a las personas de cualquier otro color.

La abuela, la madre y el crío tendrían que estarle agradecidos. Había sido su hada madrina, como en los cuentos. Por un instante se imaginó con una varita mágica en la mano de la que salían estrellas de colores y sonrió hacia dentro, antes de cambiar la varita por una semiautomática como la que llevaba en la bolsa de deporte.

Se acercó a una cabina, marcó un largo número y esperó cuatro pitidos. Entonces, con su voz más educada y profesional, dijo en español:

–Aquí Da Silva, señor Martínez. Lamento no poder darle aún buenas noticias, pero su encargo ha tropezado con ciertas dificultades de última hora y la cuestión podría retrasarse. Sí, por supuesto que lo·comprendo. Espero que no demasiado. Digamos una semana. Tal vez menos. Sí, claro, espero.

Hubo un silencio al otro lado, mientras el español calculaba la posibilidad de aumentar el precio y en cuánto. El pobre tipo estaba convencido de ser un lince negociando.

–La verdad, señor Martínez –respondió haciéndose el ofendido, tras oír su oferta–, no sé qué decirle. Somos gente seria, ya lo ve. Hemos cumplido puntualmente y el retraso ya no tiene que ver directamente con nosotros. En fin; quizá se pueda hacer algo. Transmitiré su oferta y le tendré al tanto.

Colgó y, por un instante, estuvo tentado de encenderse un habano, pero acabó decidiéndose en contra; se instaló en una terraza a la sombra y pidió un zumo de guayaba. Al fin y al cabo, su cuerpo era su capital. Había que cuidarse.

∎

A las cinco de la tarde, Inés y Jandro, deshechos de trotar todo el día por Santa Teresa tratando de dar con Silvana sin el menor éxito, se sentaron en la terraza del Amarelinho, uno de los cafés más famosos del centro, enfrente de la Biblioteca Nacional con su pomposa entrada de escalinata y columnas. Inés había sugerido hacía horas dejar de buscar la aguja en el pajar y subir al Pan de Azúcar, como cualquier extranjero de vacaciones; pero Jandro, tozudo como siempre, se había empeñado en continuar hasta que también él tuvo que darse por vencido y ahora los dos se encontraban demasiado agotados para plantearse la excursión.

–Es como si se la hubiera tragado la tierra –comentó Jandro por enésima vez en lo que iba de día.

–Contando las *favelas*, en Santa Teresa deben de vivir miles de personas y nosotros sólo sabemos que se llama Silvana, que la llaman *Bonitinha*, y que vive con João y con una mujer llamada *Finadinha*. Imagínate que alguien viniera a Gijón con unos datos equivalentes tratando de dar con nosotros. Y eso que Gijón es un pañuelo –dijo Inés con el sentido común que ponía histérico a su hermano.

–Pero yo creía que con un nombre como *Finadinha*, serían fáciles de encontrar. No es como si se llamara María.

El camarero, que llevaba unos minutos cerca de su mesa, intervino en la conversación:

–¿Buscan a *Finadinha*?

Los dos se volvieron hacia él, como si de repente una farola se hubiera puesto a hablar.

–Pasa por aquí todos los días. Por los turistas, ¿saben? Normalmente el jefe nos manda echar a todo el que pide y molesta a los extranjeros, pero *Finadinha* es un pan bendito y hacemos la vista gorda. Según mi padre, que ya era camarero aquí antes que yo, en sus tiempos era una señora bien. Luego, la vida... –Se quedó meneando la cabeza, como si viera cosas que ellos no veían–. Pero hoy no ha venido en todo el día. Ayer la vi pasar sobre esta hora.

–¿Y no sabe de nadie que pudiera decirnos dónde encontrarla? Somos amigos de Silvana –la mirada de incomprensión del camarero hizo añadir a Inés–, de *Bonitinha*, y tenemos que darle un paquete.

El hombre sonrió.

–¡Qué bombón de muchacha!

Jandro se sintió incómodo y dejó que Inés continuara el interrogatorio. Sin saber exactamente por qué, le molestaba lo que acababa de decir el hombre, como si él fuera el único en tener derecho a darse cuenta de lo guapa que era Silvana.

–Pueden preguntarle a dom Ricardo. Él las conoce bien. Las ha ayudado más de una vez.

Como a todos los extranjeros, el nombre «Ricardo» pronunciado en carioca, les sonó a puro trabalenguas; una curiosa combinación de sonidos que se aproximaba a «Jicajzu» y que no les decía nada; mucho menos unido al tratamiento de respeto «dom», que casi se había perdido en Brasil. A Jandro, incluso cuando consiguió reconstruir el «Ricardo» original, le sonó desagradable, con un tinte obsceno, como si el camarero estuviera hablando de un mafioso que ayudaba a las mujeres de vez en cuando a cambio de ciertos servicios relacionados con su belleza. Inés siguió impertérrita, sin perder la sonrisa.

–¿Dónde podemos localizar a ese señor?

El hombre se quedó un momento sorprendido, como si fuera inaudito que alguien no conociera a dom Ricardo; luego contestó casi riendo:

–Pues en la parroquia del Carmen, claro. Dom Ricardo es el párroco del Carmo de Lapa, a unos diez minutos de aquí. La iglesia que sólo tiene una torre porque la otra se cayó hace siglos. Todos los turistas la conocen.

Inés sacudió la cabeza.

—Sí, seguro. No muy grande, azul por dentro, con azulejos portugueses...

—¿La de la colina? —intervino Jandro, casi para decir algo y que se callara el otro.

—No, ésa es Gloria. La más antigua de Rio.

Inés había extendido el plano de la ciudad sobre la mesa pero, como la mayor parte de nativos, el camarero no acababa de ubicar las cosas en el plano, de modo que terminó por explicarles el camino y desearles buena suerte.

—Yo le diré a *Finadinha* cuando la vea que están buscando a *Bonitinha.* ¿En qué hotel están?

—En el Othon, en Copacabana.

—Bien, quédense tranquilos, yo se lo digo. ¡Ah! Y no vale la pena que vayan ahora, porque dentro de nada empieza el rosario. Mejor por las mañanas.

Después de darle las gracias por su amabilidad, se dirigieron hacia donde los había mandado y, en cuanto desaparecieron de su vista, sin tener ni siquiera que hablar, se metieron en la boca de metro de Cinelândia. Habían decidido mantenerse fieles al plan original y tratar de localizar a Silvana en el Kiloexpress.

A apenas quinientos metros del Amarelinho, Silvana estaba arrodillada en la catedral de San Sebastián, frente al altar, con la vista clavada en la cruz gigante que pendía del altísimo techo y se recortaba, negra, contra la espléndida vidriera azul mar. Detrás de ella, a su izquierda y a su derecha, otras tres vidrieras, una verde, una roja y una amarilla, relucían al último sol de la tarde y ponían en el suelo sombras brillantes de los colores de las piedras preciosas que habían hecho famoso a Brasil en el mundo de la joyería.

La catedral, vista desde fuera, tenía cierto parecido con una central nuclear, toda hormigón, sin ningún tipo de adorno, enormemente futurista; pero por dentro, la belleza de su espacio y del juego de la luz y los colores encogía el corazón. El interior era de planta redonda, sin altares laterales ni recovecos; un espacio amplísimo inundado de luz donde todo estaba a la vista: las simples sillas, la losa del altar adornada con un único jarro donde una rama de orquídea rosa parecía flotar en la luz, la cruz gigante que abría sus brazos sobre la iglesia ahora vacía, las cuatro vidrieras como cuatro caminos de joyas —esmeraldas, rubíes, topacios, zafiros— desde el suelo hasta el techo.

Silvana iba algunas veces a la catedral, siempre cuando no había nadie, para pensar, para pedir favores especiales, para dar las gracias. Era el único refugio que conocía y, aunque sabía que la casa de Dios no había podido proteger a los pobres niños callejeros, los *meninos da rua*, que habían sido asesinados a sus mismas puertas, seguía encontrando consuelo y paz en el recinto sagrado.

—Señor —estaba diciendo con los ojos cerrados y los puños apretando las sienes—, Señor, haz que vuelvan. Devuélveme a João y a *Finadinha* y nunca más te pediré nada. Por favor, Señor, tú que todo lo puedes, haz que vuelvan.

No esperaba respuesta y por eso no le desilusionó no recibirla. Ella había hecho su petición, como tantas veces. Ahora sólo quedaba esperar y confiar en la misericordia divina.

En unos instantes la catedral sería invadida por las sombras, se apagarían los colores y se encenderían las lamparillas. El crepúsculo tropical, rápido y definitivo, se tragaría el brillo de las piedras y dejaría las calles a oscuras durante unos momentos, mientras se encendían las farolas. Y como decía dom Ricardo, «la oscuridad no es buena para el alma inquieta»; así que se levantó, se santiguó, hizo una última genuflexión frente al altar y salió del templo, encogida de miedo por João. ¿Dónde estaría su niño? ¿Con quién? ¿Por qué?

Estaba claro que la policía no iba a hacer mucho por encontrarlos. Aunque la presencia de dom Ricardo había hecho que los recibieran con amabilidad y que le tomaran declaración de lo poco que ella sabía, era evidente que les parecía por una parte innecesario –el oficial les había dicho que lo más probable es que la anciana, en un ataque de senilidad, hubiera cogido al niño y se lo hubiera llevado a casa de alguna amiga suya huyendo de un peligro imaginario–, y por otra, poco menos que imposible. Les habían asegurado que pasarían la información a todas las unidades por si alguien viera algo sospechoso; pero así, sin fotos, con una vaga descripción de una anciana mendiga y un bebé que aún no sabía hablar... El oficial ni siquiera había terminado la frase y le había dado a entender que lo único que tendría sentido es que ella y dom Ricardo buscaran por su cuenta preguntando y visitando a todos sus conocidos. Pero ella ya le había preguntado a todo el mundo; *Finadinha* y João habían desaparecido en algún momento de la noche, cuando ya los vecinos estaban recogidos en sus casas y, si el cuchillo de filo ensangrentado significaba algo, era poco probable que el que se los había llevado por la fuerza se hubiera dejado ver. Si Dios no la ayudaba, no volvería a verlos.

El recuerdo de Silvana me obsesiona. Hace más de diez años de la última vez que nos vimos y, sin embargo, no pasa día que no piense en ella, que no desee haber hecho cosas que nunca llegué a hacer, haber evitado otras que sí sucedieron. Ahora que, como dice mi madre, «estoy en lo mejor de mi vida», daría con gusto otros diez años para poder volver a aquellos días pasados en Río, incluso a los peores, incluso a la tensión de la búsqueda inacabable de Silvana por las callejas de Santa Teresa, a la decepción de no encontrarla aquella noche en el restaurante donde trabajaba, a la noche de sueño inquieto que siguió, a las pesadillas en las que me veía persiguiendo su figura esquiva por calles mal iluminadas donde sonaban disparos y el filo de los cuchillos relumbraba a la luz de unos faroles mortecinos que aparecían y desaparecían como si tuvieran vida propia.

«Tú no tuviste la culpa», me repite mi madre, si alguna vez, ya cada vez menos, sale su nombre en la conversación. «Eras joven; no tenías experiencia; hiciste bien, no podías haber hecho otra cosa». Lo mismo que me dijo Inés el día en que se marchó a Brasil, recién terminada la carrera, tres años atrás. Pero yo sé que no es cierto, que mi cobardía y mi pasividad fueron las que me impidieron hacer algo cuando aún era tiempo; mi educación de buen muchacho de clase media, la esperanza de mis padres, mis nebulosos planes de futuro, mi sentido común. Ese sentido común que tantas veces le reproché a mi hermana y que en ella ha madurado y ha dado frutos que a muchos les sirven para sobrevivir, mientras que el mío no me ha llevado más que a un matrimonio fracasado con una mujer con la que nunca debí casarme y a este hospital donde, de vez en vez, cuando los recuerdos amenazan con envenenarme el alma, escribo estas líneas en un cuaderno que nadie leerá jamás.

¡Pobre Jandro! Nunca me hablaste de tus sentimientos. Nunca adiviné lo que significó para ti toda aquella aventura invernal en Río. Nunca supe que te sentías tan culpable, tú que no tuviste la culpa de nada, como yo, como casi todos.

Yo nunca he creído en el amor a primera vista, ni en los amores eternos por encima de la lógica y la razón, esos amores desgarrados que la literatura se empeña en pintarnos como sublimes y ennoblecedores. Nunca he querido sufrir de mal de amores ni he tenido vocación de víctima y, sin embargo..., la recuerdo día tras día y el hospital se desdibuja ante mis ojos y me pregunto si tiene sentido que haya aquí un médico más cuando allí hay tantos de menos, cuando recibo carta de Inés –uno de esos e-mails heroicos que envía cada dos o tres meses robándole horas al sueño– y me cuenta la lucha de cada día contra las enfermedades tropicales, la desnutrición, la mortalidad infantil, las mil cosas que podríamos curar si estuviéramos dispuestos a mandarles personal, vacunas, medicinas... todo lo que no tienen allí y que aquí nos sobra.

Quiero creer que Silvana ahora es feliz. A ella aquellos días de Rio no le habrán dejado cicatrices. A Inés tampoco, por lo que cuenta.

Yo nunca habría contado nada que te hubiera hecho daño, Jandro. Yo quería contribuir a tu felicidad, a apoyar tu elección, como tú apoyaste la mía. ¿Para qué iba a hablarte de Silvana, de la espléndida mujer en que se había convertido Silvana, de su trabajo, de su hijo, de todo lo que ha conseguido, a fuerza de luchar, aquella muchachita flacucha y analfabeta?

Me sigue doliendo que mamá haya roto toda relación con Inés, pero con los años, el odio a Brasil que comenzó con el divorcio de papá se ha ido intensificando y se ha convertido en algo irracional. «Sólo te tengo a ti», me dice. «Tú eres el único que no me ha abandonado.» Y ¿qué puedo hacer? ¿Qué puedo hacer, más que prometerle que siempre me tendrá, que no se me tragará la selva verde del Brasil como a papá y a mi hermana?

Cobarde fuiste siempre, Jandro. O más que cobarde, escrupuloso, tal vez débil. Siempre dispuesto a elegir el camino de la menor resistencia. Aquella tozudez adolescente que tanto me molestaba la dedicaste sólo a los estudios, a hacer carrera, a no defraudar las esperanzas de mamá, a compartir sus puntos de vista, alejándote de mí y de papá, los soñadores, los idealistas, los idiotas. Pero yo siempre supe que alguna vez entenderías la vida, que tenía que mantenerme en contacto contigo para que pudieras cogerte de mi mano cuando llegara el momento de dar el tirón.

Quizá si fuera a visitarlos, si volviera a sentir la humedad del trópico, a hablar portugués, si volviera a ver a Silvana como es ahora, no como la Bonitinha *que conocí hace más de diez años, esa muchacha que se movía como un cocotero en la brisa del mar, sino la mujer adulta en la que se habrá convertido y de la que Inés apenas me da noticias... Quizá si volviera a mirarla y a pedirle perdón por lo que ocurrió..., quizá ella...*

¡Cuánto tiempo tardaste en encontrar el camino de vuelta, hermano! Sin pedir ayuda, como siempre. Siempre tú solo.

Miro la foto de Silvana en la terraza del Pão d'Açucar, acodada en la baranda, con toda la bahía de Guanabara como marco, el puente de Niteroi extendiéndose como un inverosímil hilo de araña entre las dos lejanas orillas, y siento que vuelven la angustia y la alegría y el dolor y las ilusiones de aquellos días. Trato de saber lo que hay en su mirada, en el brillo de sus ojos oscuros, detrás de la sonrisa dedicada a la cámara, y quisiera volver atrás, atrás, al futuro que se encerraba en aquel pasado y que yo imaginaba glorioso, a la piel suave del brazo de Silvana en el funicular, al asombro del vestido recién comprado, a la pena por João y la esperanza de recuperarlo, a aquellos días que no volverán.

4

A las doce de la noche Inés y Jandro estaban tomándose un helado en una sorbetería de Copacabana, disfrutando del alivio de haber salido del Kiloexpress donde trabajaba Silvana y haciendo tiempo hasta la hora en que salía Joanna del trabajo.

Habían conseguido encontrar el Kiloexpress, habían decidido entrar a cenar allí para verla sin tener que preguntar por ella y cuando, al cabo de media hora, habían llegado a la conclusión de que si estaba, estaría en la cocina, porque la mujer que limpiaba las mesas era una señora mayor, se animaron lo suficiente como para preguntarle a ésta. Silvana no había ido a trabajar, el jefe se había puesto hecho una furia y ahora ella se había tenido que encargar de todo; pero no se lo había tomado a mal porque los últimos días era ella la que había estado enferma y Silvana había tenido que cargar con todo.

Al cabo de un par de minutos, cuando el jefe, desde la caja registradora a la entrada del salón, se había dado cuenta de que los turistas hablaban con la mujer, se había acercado a ellos con una de esas sonrisas que son sólo un despliegue de dientes.

–Vete a lo tuyo, Luiza –había dicho en un tono que no admitía apelación–. Yo hablaré con los clientes. ¿Hay algo que no esté bien?

–No, no –había contestado rápidamente Inés, usando toda su simpatía–. La comida es estupenda. Sólo queríamos ver a Silvana; somos amigos suyos.

Les dio la impresión de que al identificarse como amigos de Silvana habían pasado de ser respetables turistas extranjeros a una categoría difícil de clasificar pero evidentemente más baja, porque el hombre apartó una silla de la mesa y se sentó sin pedir permiso.

–Hoy no ha aparecido por aquí y ni siquiera se ha molestado en avisar. Cuando la veáis, podéis decirle que no se moleste en volver. Esto es un negocio, no un comedor de caridad. Si no cumple, a la calle.

–Si nos dice dónde la podemos localizar, le daremos su mensaje –dijo Jandro, muy serio.

–Yo no soy una agencia de información turística.

–Ya la encontraremos –dijo Inés, poniéndose de pie. Jandro se quedó un momento indeciso, sin saber exactamente si su hermana pensaba marcharse sin acabar de cenar o si tenía otros propósitos–. Creo que voy a tomar un postre. Ven, Jandro, vamos a ver qué tienen.

Se dirigieron hacia el fondo, donde estaban las bandejas de frutas tropicales, los budines de leche, las tartas de chololate y los pastelillos, dejando al hombre en la mesa. Inés sentía su mirada recorriéndole el cuerpo, como una mano sudada.

–¡Menudo cerdo! –murmuró Jandro–. ¿No sería mejor irnos?

–Claro. No pensarías que de verdad me apetecía tomar algo más aquí, ¿verdad? Pero no quería seguir allí sentada con él. En cuanto se vuelva a la caja, nos vamos.

Se pasearon unos minutos por la zona de los postres como si no consiguieran decidirse y, en el momento en que el hombre se levantó y volvió a la entrada del local porque acababa de llegar un grupo de turistas, empezaron a rodear la gran mesa central donde estaban expuestas las ensaladas y las guarniciones y se toparon con un chico de su edad que, con un gran mandilón blanco, rellenaba una bandeja con arroz cocido.

–La amiga de Silvana, Joanna, trabaja en el Cyrano, aquí a dos calles. Suelen volver juntas a casa –les dijo en voz baja al pasar junto a ellos–. Díganle que Felipinho le manda saludos y que si quiere volver, todos haremos lo posible por convencer al jefe.

Recogió la bandeja vacía y desapareció en la cocina sin mirar atrás una sola vez. Ellos pagaron, bajo la mirada de batracio del jefe y, una vez en la calle, se lanzaron a toda velocidad a una sorbetería al peso que ya conocían de otras noches. Piña para Inés, coco para Jandro, medio kilo por cabeza porque eran casi las doce y aún tendrían que esperar una hora o más.

–Pobre Silvana –comentó Jandro entre dos cucharadas del helado más delicioso del mundo–, tener que trabajar en un sitio así, con un jefe como ése.

–Sí. Da asco sólo que te mire. Y me figuro que con Silvana habrá intentado algo más que mirar.

–¿Tú crees?

–Seguro. ¿No has visto cómo me miraba? Pero Silvana es de las que saben luchar.

Siguieron un rato en silencio, paladeando el helado, con la vista perdida en la multitud que salía de un cine en la acera de enfrente.

–La verdad es que me siento un poco idiota persiguiéndola por toda la ciudad y pensando que, si llegamos a encontrarla, no va a querer ni mirarnos después de lo de anoche –comentó Jandro.

–Pues por mí, si quieres nos vamos a dormir y pasamos de todo. Al fin y al cabo, hace tres días no la conocíamos y dentro de una semana todo lo más, cuando venga papá a recogernos, no la volveremos a ver.

Jandró sacudió la cabeza.

–No. Hay que hacer las cosas bien. Y, además, ahora que sé que no ha ido a trabajar, todavía me siento más culpable.

–Tú no tienes la culpa de todo lo que pasa en el mundo, Jandro. Se habrá puesto enferma, o el niño, o la mujer que vive con ella, la tal *Finadinha*. –Soltó la carcajada al recordar el nombre y a los pocos segundos había contagiado a su hermano–. Anda, termínate el helado y vamos al Cyrano ese. A lo mejor allí son más simpáticos y podemos hablar con su amiga antes de que salga del trabajo.

Una hora más tarde, sentados en uno de los restaurantes de la playa entre turistas borrachos y camareros que recogían las mesas, Joanna les había contado la situación en la que se encontraba su amiga, y los tres tenían la sensación de que no había nada más que decir. Inés y Jandro estaban muertos de sueño y Joanna, a pesar de la excitación de haber conocido a los amigos de *Bonitinha*, empezaba a acusar el agotamiento de todo un día de trabajo, unido al de la noche anterior, en que apenas si había dormido un par de horas, y al nerviosismo de que Silvana no hubiera aparecido a recogerla. Habían estado esperando en la acera durante más de cuarenta minutos hasta que había quedado claro que ya no vendría y eso los había decidido a sentarse en el restaurante.

–Comprendo que no haya ido a trabajar –estaba diciendo Joanna–, pero no me explico que no haya venido a recogerme, que se haya metido sola en aquella casa sabiendo que puede pasarle lo que a *Finadinha*.

—¿Qué crees tú que le ha pasado a *Finadinha*? —preguntó Jandro.

Joanna se encogió de hombros y empezó a juguetear con las pulseras de metal que llevaba en la muñeca izquierda.

—Si lo que querían era llevarse al crío, lo más seguro es que a *Finadinha*... —Hizo un elocuente gesto pasándose el índice por la base del cuello.

Los dos hermanos se sintieron repentinamente despiertos y se inclinaron hacia ella por encima de la mesa.

—¿Llevarse al crío? —Inés tenía los ojos desorbitados—. ¿Para qué? —Se le acababan de pasar por la cabeza horribles imágenes de ritos satánicos como los que salían en las películas de aventuras y acción que tanto le gustaban.

—¿Para qué va a ser? Hay un montón de viejos sin hijos dispuestos a pagar por un bebé blanco. Y João, si hubiera nacido en otro sitio, sería un príncipe. Es una preciosidad.

Por supuesto Jandro había oído alguna vez que existían bandas criminales que raptaban niños en los aeropuertos o en los parques temáticos para venderlos después, a veces a parejas sin hijos y otras veces, las peores, para robarles algún órgano para trasplantes; pero nunca se le había ocurrido que eso que se decía —incluso en los periódicos o en las noticias de la radio y la televisión— fuera de verdad real, que pasara en el mismo mundo en el que él se movía. Ésas eran cosas, como los asesinatos, las mujeres golpeadas y los crímenes de los pedófilos, que sólo pasaban en las películas y, caso de pasar en la realidad, cosas que sólo les sucedían a otras personas con las que él no tenía ninguna relación.

—¿Y qué hacemos ahora? —preguntó a nadie en particular, después de haberle dado varias vueltas en la cabeza a la explicación de Joanna.

—Yo, de momento, me voy a casa de *Bonitinha*. Lo mismo ya han ido a buscarla para que deje de preguntar por ahí.

Lo más seguro es que ya sepan que ha ido a la policía y a esa gente la pasma los pone nerviosos.

—¿Vamos contigo? —preguntó Inés, poniéndose de pie al mismo tiempo que Joanna.

—¿Vosotros? ¿Para qué?

—Para que no vayas sola.

—¿Y luego cómo os volvéis?

—Podemos quedarnos allí con vosotras —insinuó Jandro—, hasta que se haga de día.

Joanna se echó a reír. Una risa de gallina histérica que ponía los pelos de punta, como una uña rascando una pizarra.

—¡Dos señoritos que viven en el Othon Palace pasando una noche en casa de *Bonitinha*! —Volvió a soltar la carcajada—. Y eso que ella vive en una casa, no como yo...

—¿Entonces cómo nos vemos mañana? —insistió Inés, dándose cuenta de que Joanna tenía razón.

Se quedó un momento parada, ya a punto de irse, y se dio una palmada en la frente.

—¡Qué burra soy! ¡Se me había olvidado! Mañana no estoy. —Sus labios se abrieron en una sonrisa de conejo—. Me voy con un amigo alemán a la excursión de las islas tropicales. No sé si llegaré a tiempo al trabajo, pero me ha prometido cien dólares si lo acompaño, y eso es mucha pasta. Tendré que decir que me he puesto mala.

Jandro e Inés se miraron sin hablar. Joanna no lo registró o, si lo hizo, no le dio importancia.

—Hablaré con *Bonitinha* ahora en su casa y le diré que estáis dispuestos a echarle una mano, y que os encontráis mañana..., a ver..., delante de la catedral, a eso de las once, ¿vale?

La acompañaron hasta la parada del autobús. Jandro preguntó:

—¿Cuánto tiempo tardas en llegar a casa?

—¡Oh! Menos de una hora.

Eran las dos y cuarto. Los hermanos volvieron a mirarse, Jandro sacó la cartera y, después de asegurarse del estado de sus finanzas, paró un taxi que pasaba.

–¿Para mí? –Los ojos de Joanna brillaban en su cara agotada que, a la luz de las farolas, había perdido el bronceado y parecía verde.

–Dile a Silvana que la ayudaremos en todo lo posible y que me perdone, por favor.

–¿Que te perdone qué?

–Ella lo sabe. Díselo. Que estaremos allí a las once en punto.

Inés y Jandro se quedaron mirando el taxi hasta que se perdió al fondo de la avenida, y luego caminaron lentamente las dos manzanas hasta su hotel, en silencio.

En el taxi que la llevaba de vuelta a su barrio, Joanna se sentía como una princesa de cuento. No era la primera vez que subía en un coche, pero las otras veces siempre había estado acompañada por algún extranjero de vacaciones y ahora tenía todo el taxi para ella sola, para volver a su casa, sin tener que soportar ni la conversación monosilábica, ni las manos de ningún borracho. Era una sensación maravillosa, como si le hubiera tocado la lotería. Tan maravillosa que, por un momento, se olvidó de Silvana y sus problemas en la delicia del aire fresco que entraba por las ventanillas y el panorama de la ciudad dormida que siempre había visto a través de los cristales sucios del autobús nocturno. Le habría gustado llegar directamente a su casa, así, en taxi, como una estrella de cine, en lugar de ir a casa de *Bonitinha* a consolarla otra vez. Pero eran amigas, se lo había prometido y tenía que hacerlo, de modo que le dijo al taxista que la llevara por el lado de San Sebastião en lugar de torcer hacia Catumbí.

Al pasar por delante de la catedral, una figura conocida le llamó la atención y gritó de repente «pare, pare». Se bajó del taxi ante la alarma del conductor que, pensando que quería marcharse sin pagar la carrera, bajó también y luego se quedó indeciso junto al coche cuando vio que su pasajera se acuclillaba al lado de la muchacha que apoyaba la espalda contra la verja de hierro. Sus sollozos le llegaban con claridad y decidió no entrometerse más que para preguntar:

–¿Vamos a seguir o me paga y me voy?

–Espere un momento, ¿quiere? No se va a hundir el mundo –contestó Joanna más bien de malos modos.

Silvana lloraba con la cabeza hundida entre las rodillas y Joanna no conseguía hacerla reaccionar.

–Deja ya de llorar, maldita sea, *Bonitinha*. Así no me entero de nada y el tipo ese quiere que le pague. ¿Qué narices pasa ahora?

–Mi casa, Joanna... mi casa...

–¿Qué? ¿Tu casa qué? –Empezó a sacudirla por los hombros como esperando que la información cayera como una fruta madura.

–Los Soares se han metido en mi casa. Dicen que yo no necesito tanto espacio para mí sola, que ellos están como piojos en costura y que necesitan sitio. Se han metido en todas partes, han cogido nuestras cosas. Dicen... –tragó saliva y se frotó los ojos con fuerza–, dicen que *Finadinha* y João no volverán nunca y que ellos habían arreglado con *Finadinha* que podían quedarse la casa... y no es verdad, no es verdad. La casa es mía, me lo dijo ella. Hizo un testamento.

Joanna se había quedado de piedra. Sabía que era normal que los vecinos invadieran el espacio cuando lo necesitaban, pero no podía creer que se hubieran mudado ya, así, al día siguiente de la desaparición de *Finadinha*.

—Me han dicho que puedo usar mi cuarto de momento, pero yo no quería quedarme allí.

—¿Y por qué no has ido a mi casa?

—He ido —contestó con rebeldía—, pero tu padre debe de haberse levantado con el pie izquierdo. Ha salido tu madre con un ojo morado y me ha dicho que mejor que me marche, que no estaban las cosas para ponerlas peor. —Se echó a llorar de nuevo—. No sabía adónde ir, Joanna. Sólo quiero morirme.

—¡No digas tonterías! ¡Mira que eres idiota! No es la primera vez que mi padre le zurra a mi madre y ella, como es imbécil, lo aguanta. Y de morirse, nada, hermosa. Ven, vamos al taxi.

—¿Taxi? —Los ojos de Silvana brillaban de lágrimas.

—Hoy soy rica. Vamos a ver si dom Ricardo nos deja dormir en la sacristía. Y mañana a las once vuelves aquí a encontrarte con los españoles. Quieren ayudarte. ¡Ah! Y el chico dice que lo perdones.

—¿Que lo perdone?

—Pareces el eco, chica. Sí, que lo perdones y que te ayudarán. Y ahora se lo contamos todo a dom Ricardo, sobamos un par de horas y mañana, de día, ya veremos.

Subieron al taxi y, en el colmo de los lujos, se permitieron hacer cómodamente los cinco minutos de trayecto que las separaban del Carmo de Lapa.

Charo Díaz, sentada en la cama, con la espalda apoyada en varios almohadones, abrazaba a João tratando de calmar su llanto. Llevaba más de una hora llorando sin que ni el biberón, ni los golpecitos en la espalda, ni los pañales limpios, ni el baño caliente hubieran conseguido que se durmiera.

Rafael, sin embargo, dormía en la cama contigua, agotado por los nervios y la sensación, absolutamente nueva para él, de tener que ocuparse minuto a minuto de otro ser indefenso e incomprensible.

Charo, con los nervios a flor de piel, no podía comprender que su marido hubiera sido capaz de dormirse con el llanto del pequeño atronando la habitación y, posiblemente, toda la planta del hotel. Ella también estaba exhausta, pero sabía que tenía que hacer algo, que no podía dejarlo llorar con esa desesperación sin hacer algo para tranquilizarlo. El problema era que no se le ocurría qué. Recordaba el momento en que lo había visto por primera vez, feliz y sonriente en brazos de su hermana, y no se explicaba que hubiera podido convertirse en sólo dos días en aquella criatura enfurecida que lloraba y lloraba, roja de rabia. La noche anterior había creído que dormía demasiado. Ahora habría dado cualquier cosa por que se durmiera y la dejara dormir a ella.

Su madre sí que estaría durmiendo. En algún sitio mucho menos elegante y confortable, pero tranquila; a menos que el hecho de haber vendido a su hijo pequeño la tuviera también despierta como a ella, preguntándose si había hecho bien.

¡El mundo era tan injusto! Había mujeres hundidas en la miseria que ponían un hijo en el mundo cada nueve o diez meses y ella, que lo tenía todo, nunca había sido capaz de concebir. Se levantó y empezó a pasear al niño por el cuarto, cantándole bajito las mismas canciones que le habían cantado a ella en su infancia, pero su voz apenas se alzaba sobre los sollozos del pequeño. Estaba claro que extrañaba a su madre, que echaba de menos su voz y su olor, sus canciones, su forma de acunarlo. Ella no servía. A pesar de todo su cariño y su buena voluntad, no servía. La última vez que había tenido un bebé en brazos había sido diez años atrás, cuando su hermana había dado a luz y ella había estado a punto de morirse de envidia. Tal vez no sólo era incapaz de concebir, sino que tampoco valía para madre. Y el niño lo notaba. Como los caballos notan el miedo del jinete, aquella criatura notaba su miedo, su inseguridad, sus escrúpulos de conciencia. En España había parecido todo tan fácil..., todo sonaba tan bien... Mucha gente lo había hecho antes; no era problema. Ir a un país del Tercer Mundo, elegir un niño, pagarlo, volverse con él; eso era todo. Y sin embargo...

Quizá habría sido mejor con una de esas organizaciones para niños refugiados de países en guerra, o a través de la Iglesia de Latinoamérica, pero los niños que podían ser adoptados eran casi siempre ya mayores, con recuerdos de su familia y de su país, con su lengua materna, con amigos y afectos. Y además no eran blancos. Nunca hubieran podido pasar por propios. Toda su vida habrían sido el pobre niño recogido que ha tenido la suerte de crecer en un mundo mejor, y ellos habrían sido toda la vida los padres del negrito, del indito, del subdesarrollado que había conocido la miseria, la opresión y los malos tratos.

No. Era mejor así. Antes o después el pequeño –aún le costaba llamarlo Fernando, quizá porque era consciente de que su nombre era João– se acostumbraría a ella, empezaría a tomarse el biberón, se reiría al verla. Pero de momento seguía llorando y llorando como si lo hubiera arrancado de los brazos de su madre, como si fuera una ogresa que pensara comérselo para cenar.

Sin pensarlo más, viendo que ya eran las cuatro de la madrugada, se acercó a su marido, lo sacudió hasta que se incorporó en la cama pestañeando y le entregó el bebé vociferante:

–Necesito dormir un rato, Rafa. Ahora te toca a ti.

Sin esperar respuesta, se metió en su cama, se arrebujó y en un par de minutos se quedó dormida.

■

Cuando Silvana se despertó eran las nueve y cuarto y estaba sola en la cama que les había arreglado la criada de dom Ricardo en una especie de cuarto trastero de la casa parroquial. Suponiendo que Joanna habría ido al lavabo, se dio la vuelta y empezó a pasar revista a los recuerdos de la noche anterior, de hecho, de unas horas atrás. Ahora que ya había descansado un poco, se sentía más valiente, menos dispuesta a querer morirse para terminar con todas las desgracias que le habían caído encima en los últimos tres días. Aunque dom Ricardo aún no tenía noticias ni de *Finadinha* ni de João, al menos le había prometido ayudarla en la cuestión de la casa. Irían allí y él entretendría a los Soares mientras ella buscaba en el escondrijo el testamento de *Finadinha* en el que decía que le dejaba la casa a su muerte. Aunque, bien mirado, ¿para qué quería ella aquella casa, si *Finadinha* no estaba y no encontraba nunca más a João? Se moriría de pena entre aquellas paredes semiderruidas que le recordaban todo lo que había perdido. Comparado con eso, era mejor marcharse a otra parte, a São Paulo tal vez, a buscar en la gran ciudad otro trabajo, un nuevo comienzo, un lugar donde dormir, como habían hecho algunos de sus hermanos a los que ya les había perdido la pista. Tal vez fuera capaz de encontrarlos. Tal vez estuvieran dispuestos a ayudarla al principio. Con Mercedes siempre se había llevado bien, aunque tenía once años más que ella, pero no tenía la más remota idea de dónde encontrarla y São Paulo era mayor que Rio.

En cualquier caso había que hacer algo respecto a la casa; no podía marcharse sin más, dejando que los Soares se quedaran con lo que era suyo. Tendría que luchar, aunque no sabía cómo, ni si serviría de algo. ¿Qué podía hacer ella sola contra toda una familia?

Unos suaves golpes en la puerta la hicieron volverse, sentarse en la cama y apretarse la sábana contra el pecho. Cuando se repitió la llamada, se le ocurrió que la persona de detrás de la puerta estaría esperando que ella diera permiso para entrar.

–Adelante –dijo alzando la voz.

Era dom Ricardo y, por la expresión de su cara, Silvana notó que sabía algo que habría preferido no saber.

–Perdona que te despierte, Silvana. Habría mandado a María, pero ha ido a comprar. ¿Puedo pasar?

–Pase, padre, claro, siéntese, es usted bienvenido.

Todo lo que Silvana sabía de cortesía social lo había aprendido de *Finadinha* y las formas habían quedado un poco anticuadas. No había sillas en la habitación y dom Ricardo dudaba sobre si sentarse en la cama de la muchacha. Acabó por acercarse y quedarse de pie.

–Verás, hija, me acaban de llamar de una comisaría de Rocinha. –Carraspeó y desvió la vista hacia la estampa del Sagrado Corazón de Jesús que adornaba la pared en la que se apoyaba el catre–. Parece que han encontrado el cadáver de una anciana.

Silvana sintió como si una telaraña oscura se le enganchara en los ojos y sus manos se engarfiaron en las sábanas.

–No tiene por qué ser *Finadinha*, pero... habría que ir a ver si... tú me entiendes.

Bonitinha empezó a negar con la cabeza, aunque, si le hubiesen preguntado, no habría sabido responder si realmente estaba negándose a hacerlo o si más bien trataba de negar la posibilidad de que aquel cadáver que había que reconocer fuera el de la mujer que había sido prácticamente su abuela y lo único que tenía en el mundo.

–Puedo ir solo, si quieres. Yo la conozco bien, pero había pensado que tú querrías...

Sin pensarlo, Silvana saltó de la cama, desnuda como

estaba; dom Ricardo apartó la vista y salió del cuarto diciendo:

–Te espero en la sacristía. Si quieres lavarte, hay un cuarto de baño al fondo del pasillo; pero date prisa, hija, cuanto antes, mejor.

Ya en el coche de dom Ricardo, un modelo antediluviano que hacía un ruido infernal, Silvana recordó de repente que Joanna debía de haberse ido de excursión a las islas tropicales con un tipo al que había conocido en el restaurante y que ella había quedado en encontrarse con los españoles delante de la catedral a las once. Pero ya no se podía hacer nada; primero era lo de *Finadinha*.

Suspiró hondo y dom Ricardo volvió la cabeza hacia ella en el semáforo rojo.

–No hay que pensar lo peor, hija.

–No, no es eso. Ahora estaba pensando en que había quedado en encontrarme con los amigos españoles a las once en la catedral. Quieren ayudarme a buscar a João.

–No hay nada mejor que tener amigos –sentenció el cura.

–Lo malo es que, si no llego a tiempo...

–Si son personas inteligentes, le dejarán un recado al párroco o al sacristán. Cuando llegues, le preguntas. Y siempre puedes ir a su hotel.

Silvana volvió a suspirar, recordando la fila de guardias que protegía la entrada.

–En el peor de los casos, te llevo yo; no sufras.

Sintió que se le llenaban los ojos de lágrimas de agradecimiento y desvió la vista hacia fuera para que dom Ricardo no la viera llorar.

–A Rocinha no se va por aquí, padre –dijo al cabo de unos minutos–. Vamos, eso creo.

Rocinha era una de las mayores aglomeraciones de *favelas* de Rio, una marea de casuchas más y más miserables que se derramaba por las laderas de las montañas que cerraban la ciudad por el sur, a un paso de la selva de Tijuca.

–No vamos a Rocinha. Vamos a... bueno... a la dirección que me han dado, al depósito central de...

Silvana empezó a morderse un nudillo y no contestó. Miraba la ciudad como si fuera la primera vez que la veía, asustada de sus colores, del incesante movimiento de las masas de gente, nativos y turistas, que llenaban sus plazas y sus calles, horrorizada de que todo siguiera igual que cuando ella tenía su familia y su casa, como si todo lo que le había sucedido y que había destruido su mundo no tuviera más importancia que una nube que cubre ocasionalmente el sol. El Cristo del Corcovado quedaba ahora frente a ellos, recortado contra el cielo como una diminuta figurina, con su promesa de paz y de amor para todos los hombres, ricos y pobres por igual.

–¿Qué voy a hacer, Dios mío? –susurró.

–Confiar y esperar –contestó el cura alzando los ojos hacia el Redentor, como ella–. Confiar y esperar, *Bonitinha*.

Jandro, desesperado ya, se paseaba arriba y abajo por la plaza de la catedral mientras Inés esperaba dentro, sentada en una silla cerca de la entrada. Silvana no había venido. A pesar de la disculpa que le había enviado por medio de su amiga, no había venido. Ahora que tanto necesitaba una ayuda, su orgullo había podido más y los había dejado plantados allí para que comprendieran que no quería nada de ellos. Y ellos habrían podido ayudarla, al menos eso creía Jandro, porque uno de los mejores amigos de su padre, precisamente al que debían acudir si necesitaban algo mientras estaban solos en Rio, era fiscal del Estado, con buenos contactos con la policía y otros informadores. Si Silvana viniera por fin, podrían ir a verlo, explicarle el caso y pedirle ayuda, pero ella no lo sabía y pensaba que podía prescindir de los estúpidos extranjeros que se tomaban aquello como una aventura de vacaciones.

Inés salió a la puerta y lo llamó con gestos perentorios.

–He hablado con el sacristán y está dispuesto a entregarle a Silvana una nota. Vamos a ver qué le escribimos.

–¿Para qué? No vendrá –dijo Jandro de mal humor–. Y, aunque viniera, ¿tú crees que se le ocurriría preguntarle al sacristán si tiene algún mensaje?

–A mí se me ocurriría.

–Sí, ya, pero tú no eres carioca –añadió, tratando de devolverle la pelota que ella le había lanzado un par de días antes. Jandro tenía una excelente memoria que no usaba sólo para sacar buenas notas en los exámenes.

–Ser pobre no equivale a ser tonto, genio. Además de que es lo único que se me ocurre. Si el señor tiene una idea mejor...

Inés sacó del bolso su libreta de anillas y empezó a escribir un mensaje.

–¿Dónde le digo que la esperamos?

–Dale el número del hotel. Si no la dejan entrar, al menos podrá llamarnos, si quiere.

–¿Y nos pasamos el resto del día en la habitación?

–Hace buen tiempo. Podríamos subir a la piscina y bajar de vez en cuando a ver si hay un mensaje.

–Empiezo a sospechar que, después de una semana aquí, nos vamos a ir sin ver al Pan de Azúcar –suspiró Inés.

Jandro dio un resoplido.

–Pues queda con ella allí, en la estación de funicular o arriba. Estoy deseando que veas el maldito Pan de Azúcar y me dejes en paz.

Inés terminó de escribir la nota, entró en la catedral y volvió a salir, tranquila.

—Vamos a la piscina si me prometes que mañana, aunque diluvie, subimos al Pan de Azúcar.

Jandro le regaló una de sus esplendorosas sonrisas y le tendió la mano.

—Prometido.

En la oficina de unos billares en la zona de Cinelândia, Da Silva, con su mejor cara de póker, esperaba fumando un habano que apareciera su jefe actual, Felipe Guimarães, bajo la inexpresiva mirada de uno de sus muchos matones.

A través de las ventanas de vidrios oscuros que daban a la sala, Da Silva seguía la partida de *snooker* de dos tipos que manejaban los tacos con más voluntad que gracia, mientras el cigarro se le iba consumiendo lentamente.

—No creo que tarde mucho ya —dijo el matón.

—No tengo nada mejor que hacer —contestó Da Silva sin volverse a mirarlo.

Se abrió la puerta del despacho y entraron dos hombres vestidos de traje oscuro como pistoleros de película antigua. Aquellos tipos eran aún más horteras que los narcos para los que había trabajado, pensó Da Silva resignadamente. Ahora entraría el gran hombre y habría que hablar claro, cosa que, si bien no le daba miedo, habría preferido dejar para otra ocasión, cuando lo tuviera todo recogido y los papeles en el bolsillo.

Guimarães, con traje y chaleco, a pesar de los veintidós grados del exterior, entró como un acorazado y se instaló tras la mesa sin una sola mirada a su alrededor. Para eso pagaba a sus hombres, para que fueran sus ojos, sus oídos y sus manos. Era un tipo moreno y rechoncho que quizá en su juventud había sido fuerte y ahora era simplemente gordo. Llevaba las manos arregladas de manicura, como una damisela, y el bigote recortado al estilo fascista. Da Silva siguió mirando la partida que se desarrollaba abajo, aunque su posición corporal había cambiado lo suficiente como para no darle la espalda a nadie. Le habían quitado el arma, pero no se sentía indefenso, a pesar de que aquellos gorilas sí debían estar armados.

–¡Hombre, Zé! –dijo el jefe alzando repentinamente la vista después de unos segundos, como si su presencia le sorprendiera–. Ponte cómodo. Quería hablar contigo. ¡Vosotros, largo! Esperad ahí fuera.

Da Silva esperó que los matones se marcharan y caminó con displicencia hasta la silla que le indicaba Guimarães.

–Usted dirá... dom Felipe –añadió tras unos segundos de vacilación. No le gustaba tener que tratar a aquel tipo con esas muestras de respeto que no se había ganado, pero sabía que eso le haría más cómoda la conversación y no había por qué estropear las cosas.

–Parece que el asunto de los españoles va bien –afirmó.

–Va bien –aseguró Da Silva–. Mañana por la tarde pagarán lo que falta, les entregaré los documentos y podremos olvidarnos de ellos.

–Excelente. El procedimiento ha sido... ¿cómo te diría?... un poco irregular, pero soy el primero en darme cuenta de que a veces surgen situaciones inesperadas y hay que reaccionar con rapidez.

–Muy cierto.

–Parece que la pasma anda haciendo preguntas. ¿Lo sabías?

–Esa chavala es imbécil.

–Sí, pero además de imbécil es una bocazas y, considerando que este asunto es una de nuestras operaciones menores, no tendría gracia que otras cosas se fueran al traste por una estupidez.

Da Silva dio una profunda chupada al cigarro y no contestó.

—Sé que estás haciendo un trabajo por debajo de tus méritos, Zé. Sé que estás empezando a ponerte nervioso y hasta es posible que se te haya ocurrido cambiar de negocio. No te lo reprocho, por supuesto –añadió con una peligrosa suavidad–. Es sólo que me gustaría... ¿cómo te diría?... que cuando llegues a una decisión, la que sea, no tenga que enterarme por terceros. ¿Me explico?

—Como un libro abierto.

—Y también quisiera que no olvidaras que me debes una.

—¿Que le debo una? ¿Yo?

—¿O piensas que tú puedes dedicarte a producir mierda para que yo la limpie? ¿Es eso? –Los ojos negros de Guimarães se clavaban en los verdes de Da Silva y, aunque su apariencia seguía siendo fría, estaba claro que podía empezar a rugir de un momento a otro.

—¿La vieja? –preguntó Da Silva.

Guimarães se relajó, se echó hacia atrás en la silla giratoria y sonrió tendiéndole una cajita de caramelos de menta que había sacado del bolsillo y que Da Silva ignoró.

—Lo que más aprecio en ti es lo rápido que captas las cosas.

—¿Qué quiere de mí?

—Esa muchacha ha cometido un error, pero mi buen amigo Zé lo va a arreglar antes de tomarse esas vacaciones tan merecidas que lo han llevado a varias agencias de viajes en los últimos días.

—¿No tienen nada mejor que hacer sus hombres?

—Yo soy de la vieja escuela. Me gusta cuidar de mi gente y, en lo posible, hacer realidad sus deseos.

La sonrisa del gordo empezaba a resultar francamente insultante.

—¿Eso es todo? –dijo Da Silva, poniéndose en pie.

—Después, por mi parte, nuestro contrato queda rescindido. Tú cumples y tan amigos. Luego te vas a donde quieras.

Tendría incluso un par de ofertas interesantes. ¡Mateo! –llamó sin esperar la respuesta de Da Silva–. Acompaña a mi amigo Zé a la calle.

Guimarães bajó los ojos hacia los papeles que cubrían su mesa dando la entrevista por terminada. Da Silva se alisó los pantalones, aplastó el cigarro en el pesado cenicero de cristal con deliberada lentitud y, lanzando una última mirada que no le fue devuelta, abandonó el despacho preguntándose, como tantas otras veces, si los jefes estaban todos locos o sólo los que le habían tocado a él.

Era absolutamente absurdo liquidar a la chavala y además era un desperdicio –una muchacha preciosa de apenas dieciocho años–, pero hacía mucho tiempo que había dejado de cuestionar las órdenes de quien le pagaba. Ahora sólo tenía que decidir cómo y cuándo. Luego sería libre.

En un banco del parque que había enfrente del depósito, Silvana lloraba abrazada a dom Ricardo que, con un brazo la sujetaba por los hombros y con la otra mano trataba de secarle las lágrimas que le escurrían por las mejillas. Él también estaba afectado. Le había tenido cariño a *Finadinha*, y ahora que por fin su nombre y su estado se correspondían, no se sentía capaz de nombrarla sin pensar en la trágica ironía que había significado pasarse una vida llamándose «difuntiña» para acabar siéndolo de verdad, en una cámara frigorífica, sin haber tenido tiempo de despedirse, sin poderles decir qué había pasado con João.

Llevaban casi media hora allí, en el parque, soportando las miradas de curiosidad de los que pasaban y debían de tomarlos por padre e hija llorando una tragedia común o, mucho peor, por una pareja con problemas.

–Vámonos de aquí, *Bonitinha*. Ya he arreglado que la trasladen a la parroquia para el funeral.

—¿Qué funeral? —preguntó Silvana, casi con furia—. Ni ella ni yo tenemos con qué pagarlo.

—No te preocupes por eso. La parroquia lo paga. *Finad...* Amelia tendrá un entierro digno, te lo prometo, pero vámonos de aquí, anda. Te llevaré a casa.

Se mordió los labios justo después de haber pronunciado las últimas palabras. ¿Cómo había podido ser tan insensible y tan estúpido? ¿A qué casa la iba a llevar si, para colmo de males, la muchacha no tenía de momento ni siquiera casa a la que volver? Pero se había olvidado completamente de la situación de *Bonitinha* pensando en la muerte de Amelia. Tensó los músculos esperando un nuevo ataque de llanto que, para su sorpresa, no llegó. Silvana se estaba secando los ojos con las manos, con los antebrazos, como dispuesta a enfrentarse de nuevo a la vida.

—Sí, dom Ricardo, tiene razón, vámonos de aquí. Usted tendrá cosas que hacer y yo he de encontrar a mis amigos.

—Siempre puedes volver a la parroquia, Silvana —dijo dom Ricardo lentamente, como si le costara trabajo articular las palabras—. Y cuando tú quieras te acompañaré a ver qué se puede hacer con lo de tu casa.

—Sí, padre. Ya le avisaré.

No le gustaba la idea de que una muchacha joven y guapa como Silvana tuviera que quedarse a dormir en su casa, a pesar de que no estaba solo, también estaba María, su ama; pero no podía permitir que acabara tirada en cualquier parte por miedo a las habladurías.

—¿Vendrás a dormir a la parroquia? —insistió el cura por puro sentido del deber.

—Yo tengo muchas amigas, padre, no se preocupe, no hará falta —mintió Silvana mientras caminaban hacia el coche—. Ya me pasaré mañana por lo del entierro.

Volvieron en silencio a la iglesia del Carmo de Lapa y, con un apretón de manos, se despidieron allí. Silvana echó a correr como un gamo hacia la catedral mientras dom Ricardo Pereira se quedaba mirándola con un ahogo en el pecho y la sensación de que podría haber hecho más por ella.

Era casi la una y la catedral estaba desierta, pero recordando lo que había sugerido dom Ricardo, cruzó la nave hasta la puertecilla que comunicaba con la sacristía y preguntó si habían dejado un mensaje para ella unos jóvenes extranjeros. El sacristán, un hombrecillo barbudo de gruesas gafas de concha, le entregó una nota con una sonrisa.

–¿No han dicho nada?

–Le han dejado esto.

–¡Oh!

El sacristán estuvo a punto de preguntarle si sabía leer, pero no lo hizo para no ponerse, ni ponerla a ella, en una situación embarazosa. La muchacha había cogido la nota sin decirle nada; si quería pedirle que se la leyera, lo haría sin que él tuviera que ofrecerlo.

–Bien –dijo la chica–, muchas gracias por todo.

La vio salir a la nave de la catedral, sentarse en una de las sillas cerca del altar y abrir la nota. Ya no era asunto suyo, de modo que volvió a cerrar la puerta y siguió arreglando un gran cesto de flores tropicales.

Silvana desplegó la nota que le habían dejado los españoles y suspiró, como siempre que tenía delante algo escrito a mano. Entendía bastantes de las letras mayúsculas cuando estaban escritas en carteles por la ciudad y leía los números impresos, pero aquello era sencillamente incomprensible. Sabía que había números en la nota, seguramente un teléfono, pero no podía descifrar lo que las letras querían decir y ni siquiera era capaz de leer el apellido, lo que debía de ser el apellido, detrás de las dos palabras cortas al final de la nota que posiblemente fueran los nombres de Jandro e Inés. No podía llamar a ese teléfono, el del hotel seguramente, preguntando por unas personas que ni siquiera sabía cómo se llamaban.

Pensó volver y preguntarle al sacristán, pero le dio tanta vergüenza que decidió usar el truco que le había servido otras veces.

Salió de la catedral, buscó una cabina de teléfonos que estuviera cerca de una parada de autobús y, sacando la nota del bolsito de tela que llevaba en bandolera y que contenía todo lo que poseía, descontando las cuatro cosas que habían quedado en la casa ocupada por los Soares, se acercó, vacilante, a un hombre de aspecto serio que leía el periódico.

–Perdonen –dijo–. Soy ciega. ¿Alguno de ustedes podría leerme esta nota?

Había aprendido el truco en su niñez, para pedir por las calles, y siempre había sido la mejor de todos porque sus ojos eran tan grandes y tan bonitos que todo el mundo se sentía movido a lástima al pensar que no veían.

El hombre dobló el periódico con rapidez, le cogió delicadamente la nota que ella le tendía ligeramente desviada y la leyó en voz alta:

Querida Silvana:
Te hemos esperado hasta las doce y cuarto. Nos vamos al hotel. Esperaremos todo el día a que nos llames al siguiente número: 282 62 23, habitación 1507. Joanna nos ha contado tus problemas y estamos seguros de poder ayudarte, de verdad. Perdona a Jandro y llámanos.
Con mucho cariño,

INÉS Y JANDRO ARIZA

–¿Lo ha entendido todo o quiere que se lo vuelva a leer? –preguntó el hombre.

–¿Podría repetirme el nombre y el número, por favor?

El hombre lo repitió y sugirió:

—¿Quiere que llame yo al hotel de sus amigos o puede hacerlo sola?

Silvana le dedicó su sonrisa especial que, combinada con sus ojos que miraban sin ver, tuvo el efecto de terminar de ablandar el corazón del hombre serio y trajeado.

—¿Me haría ese favor? Aquí tengo monedas.

—Deje, deje, no tiene importancia, mujer.

El hombre marcó el número y, pensando que ella no podía verlo, la miró con lástima primero y luego con otra expresión en el momento en que oyó por el auricular «Othon Palace Copacabana, dígame». Una expresión casi perpleja, como si no pudiera explicarse que una muchacha que era casi una mendiga y tenía todavía la cara y los ojos hinchados de llorar tuviera amigos de esa clase.

—Con la habitación 1507, por favor. Señores Ariza.

Esperaron unos segundos. Silvana, con la cabeza ligeramente inclinada, como para escuchar mejor, perdía la vista en las copas de los árboles; el hombre le lanzaba miradas curiosas.

—Parece que no hay nadie. ¿Quiere dejar un mensaje?

—Si no están...

Silvana no había contado con eso. No se le ocurría nada y estaba volviendo a sentir el ahogo de los últimos días, la sensación de que todo se confabulaba en su contra, de que su vida no tenía ningún sentido. Se le llenaron los ojos de lágrimas y se los apretó con los puños.

—¿Es muy urgente? —preguntó el hombre.

Ella asintió con la cabeza, sin hablar, con la angustia pintada en la cara.

—Puede grabar un mensaje. Seguro que sus amigos han salido y lo oirán en cuanto vuelvan. Déles una cita en algún lugar que conozcan todos.

—Delante de su hotel a las cuatro en punto —se oyó decir con voz estrangulada, tratando de no pensar en cómo sería volver a estar junto a aquellos cocoteros bajo la mirada burlona de los guardias, esperando a alguien que no se presentaría o no querría reconocerla. Pero no tenía otra opción. Lo que le había dicho a dom Ricardo de sus amigas sólo había sido una mentira para tranquilizarlo. Desde que vivía en Santa Teresa, su única amiga era Joanna, y ahora estaba en las islas tropicales con el alemán.

–Bien. –Luego oyó cómo decía al teléfono–: Llamo de parte de su amiga Silvana. Los espera delante de su hotel a las cuatro en punto. –Después añadió por su cuenta–: Si oyen este mensaje más tarde, les esperará también a las siete de la tarde y luego cada hora en punto hasta las diez. –Colgó y se volvió hacia ella. Ella seguía mirando a la distancia–. Espero haber hecho bien. Así, si llega y ellos aún no han vuelto, no tiene que pasarse horas esperando. Venga conmigo, la ayudaré a subir al autobús.

Cuando se sentó en el 521 las lágrimas que le corrían por las mejillas eran de agradecimiento, porque aún quedaba gente buena en el mundo, y de vergüenza; vergüenza de sí misma por no saber leer y por haberle tenido que mentir a aquel hombre.

5

Inés y Jandro llevaban casi tres horas en la piscina del hotel y en ese tiempo habían bajado cuatro veces a ver si había mensajes en el contestador. Todas las hamacas estaban ocupadas y la mayor parte de los clientes se había acercado a la barra a servirse del buffet de ensaladas y carnes a la plancha, mientras que ellos habían decidido aguantar con el bocadillo que se habían comprado en un bar antes de subir a su habitación a ponerse el bañador. El paisaje era impresionante, ya que la piscina se encontraba en la planta veintidós del hotel y desde allí se veía toda la Copacabana, el inmenso Atlántico abierto frente a ellos, el Fuerte a la derecha y el Pan de Azúcar a la izquierda.

–Tiene algo perverso esto de estar en una piscina a veintidós pisos de la calle, y más cuando uno tiene el océano justo enfrente –comentó Inés mirando a su alrededor. Se había sentado en posición de loto sobre la hamaca y daba la impresión de que empezaba a hartarse de la inactividad.

–A mí me parece genial –dijo Jandro con los ojos cerrados.

Normalmente no era muy partidario de tumbarse al sol como un lagarto, pero el hecho de estar esperando a Silvana daba una cierta justificación a su inactividad.

–Voy a bajar a ver si ha llamado y, si no, creo que me voy a ir a estirar las piernas por la playa –dijo Inés.

Jandro se incorporó de repente.

–Le hemos prometido a los papás que no nos separaremos ni medio metro mientras estemos solos en Rio.

–¡Hijo, qué exageración! Sólo quería dar una vuelta por ahí enfrente. Desde aquí me puedes vigilar, si te empeñas.

–Y si alguien quiere raptarte, ¿qué? ¿Le grito desde aquí que te deje en paz?

–Pero ¿por qué va a querer nadie raptarme a mí?

–¿Has oído hablar de la trata de blancas?

Ella lo miró con los ojos muy abiertos, sin tener claro si hablaba en broma o en serio.

–Eres la candidata perfecta: joven, blanca, pelo claro, extranjera. Y virgen.

–¿Y tú eso cómo lo sabes, listo? –Se levantó de un salto, estiró los brazos por encima de la cabeza, se ató el pareo y se dirigió hacia la salida.

–Vuelves aquí directamente de la habitación –le gritó Jandro.

–Sí, amo –contestó ella desde la puerta.

Apenas había vuelto Jandro a ponerse los cascos y a acomodarse en la hamaca cuando vio regresar a Inés a la carrera ya vestida con vaqueros y camiseta.

–¿Ha llamado? –preguntó Jandro, recogiendo la toalla sin esperar la respuesta de su hermana.

–Nos espera abajo a las cuatro y son menos cinco. Bajo volando mientras te vistes. Nos vemos en la sorbetería de siempre. ¡Ah! Y trae dinero.

–¿Para qué?

–Confía en mí –canturreó Inés imitando a Kaa, la serpiente de *El Libro de la selva,* en una de las muchas claves comunes que habían desarrollado al correr de los años.

Se separaron en el piso quince, y medio minuto después, Inés atravesaba el vestíbulo y cruzaba las puertas que daban a la avenida. Silvana estaba allí pero, por un momento, le costó reconocerla. Llevaba la misma bata roja y negra y las mismas sandalias de plástico del primer día, pero la muchacha alegre y relajada que habían conocido había cedido el paso a una mujer envejecida que encogía los hombros y doblaba la espalda como si tuviese frío. Al llegar a su altura vio que tenía la cara hinchada de llorar y dos medias lunas violáceas bajo los ojos enrojecidos.

Sin mediar palabra se abrazaron hasta que Inés notó que el cuerpo de Silvana perdía algo de su rigidez y se apoyaba en ella como si se entregara.

–Vamos a esperar a Jandro en la sorbetería, anda, así podemos sentarnos, le echamos algo al estómago y nos lo cuentas todo.

–En la nota decíais que me podíais ayudar –balbuceó Silvana.

–Creo que sí. Nuestro padre es muy amigo de un... bueno no sé bien... de un abogado importante, un pez gordo –añadió como para asegurarse de que la entendiera–. Es prácticamente tío nuestro. Estoy segura de que si puede ayudarte, lo hará.

Cuando llegó Jandro, sin aliento, a la sorbetería, Silvana estaba llorando de nuevo apoyada en el hombro de Inés y sus helados se derretían lentamente en los cuencos de barquillo. La miró sintiendo que se aflojaba el nudo que había tenido en el estómago durante casi dos días. La había encontrado por fin, eso era lo único que le importaba en aquel momento, aunque habría preferido que el motivo de la reunión fuera más alegre. Se sentó, tratando de no interrumpir demasiado y poco a poco, entre sollozos y largas pausas, los hermanos se enteraron de lo que le había sucedido a su amiga en los dos días pasados. Se miraron sin hablar, apabullados por la magnitud de las desgracias de Silvana.

Aquello no era como lo que conocían, como cuando uno de sus amigos tenía problemas en casa por las notas o porque su chico o su chica lo había dejado por otro; no era ni siquiera como cuando Lina llegó llorando a casa una noche contando que sus padres se separaban después de casi veinte años de matrimonio. Esto era mucho peor. No estaban preparados para enfrentarse a algo así, a pesar de que Joanna ya les había contado lo más importante. Ahora, además, había muerto *Finadinha* y, sin ella, no tenían la menor pista sobre el posible paradero de João.

–¿Le van a hacer la autopsia a *Finadinha*? –preguntó Inés cuando Silvana se hubo calmado un poco.

–¿La qué?

–El examen ese que hacen a los cadáveres para ver si han muerto de muerte natural y de qué ha sido.

–No sé. No lo he preguntado. ¿Para qué? El caso es que ya no está y no la veré más. Ni a ella ni a João. –Se le llenaron los ojos de lágrimas y desvió la vista hacia la calle.

–Vamos a ver, Silvana –intervino Jandro–. ¿Tú qué crees que podía estar haciendo *Finadinha* en Rocinha? Eso está lejísimos de Santa Teresa incluso en coche y ella desapareció de madrugada, cuando ya no hay autobuses que vayan hacia allá. Lo lógico es que alguien la llevara hasta allí. ¿No se te ocurre quién o para qué?

Ella movió la cabeza varias veces, negando. Luego, como si acabara de darse cuenta de que había algo comestible delante de ella, empezó a devorar el helado. Hacía casi un día que no había comido nada y ahora se daba cuenta del hambre que tenía.

–¿Viste el cadáver?

Silvana asintió con un movimiento, sin decir palabra.

−Y ¿cómo estaba?

Se quedó un momento con la cuchara detenida a medio camino entre el cuenco y la boca, pensando.

−Normal. Bien. Quiero decir... sin sangre, sin golpes, como si se hubiera muerto en su cama. En paz −dijo, sonriendo por fin−. Siempre quiso morirse rápido, sin molestar a nadie; por lo menos eso se ha cumplido.

−¿Dónde la encontraron? −preguntó Inés.

Silvana tragó saliva.

−En un basurero, tirada entre los montones de desperdicios. Por suerte la encontraron unos críos que jugaban por allí antes de que la descubrieran los animales. −Lo dijo con total naturalidad, sin que se alterara el tono sereno que había logrado recuperar.

Los hermanos sintieron que se les encogía el estómago.

−¿Puedo tomar otro? −preguntó Silvana señalando el helado−. Es lo primero que como desde ayer.

Jandro se levantó y volvió con un trozo de tarta y otra porción de helado. Inés empezó a exponer el plan:

−Hay que llamar a Reinaldo, Jandro, explicarle el caso y preguntar si podemos ir a verlo ahora mismo. Luego hay que ver cómo arreglamos lo del hotel.

−¿Lo de qué hotel?

−Pues el nuestro, memo. Si no puede volver a su casa, en casa de Joanna está de más y al cura no le hace mucha ilusión que se quede allí, tendremos que meterla en nuestro cuarto, ¿no crees?

Hablaban español a toda velocidad porque, a pesar de que sabían que era una falta de educación, no querían que oyera ciertas cosas y tampoco querían apartarse de ella para hablar. Jandro lo pensó un momento.

−Hay que poner un mail a papá, contarle el asunto y convencerlo de nos pague una cama extra en la habitación, al menos para uno o dos días, porque esta noche a lo mejor podemos pasarla sin que se entere nadie, el hotel es gigante; pero si se va a quedar más tiempo, antes o después lo averiguarán y se nos caerá el pelo.

–Bueno –dijo Inés, poniéndose de pie al ver que Silvana había acabado con todo lo que había en el plato–. Tú te vas al hotel a llamar a Reinaldo y a poner el mail a papá.

–¿Y vosotras?

–Nosotras nos vamos de compras. Y ahí los hombres estáis de más. Dame el dinero. Nos vemos luego en el hotel.

No sabría decir cuándo me di cuenta de que estaba enamorado de ella. Era algo que no me había pasado nunca y supongo que no supe reconocer los síntomas a la primera. Me habían gustado otras chicas, claro, pero nunca había sentido esa necesidad de ver a alguien, de estar a su lado como fuera, para lo bueno y para lo malo; nunca había experimentado ese deseo de proteger a una mujer contra el mundo, de verla sonreír, de rozarle el brazo, de cogerle la mano con cualquier excusa, de mirarla constantemente. Me gustaba todo en ella: su figura delgada pero femenina, sus movimientos gráciles, su sonrisa, el brillo de sus ojos... hasta su dicción vulgar y su enorme ignorancia me parecían encantos especiales que nadie más poseía.

Creo que Inés, y hasta Silvana, debieron de saberlo antes que yo.

Se te notaba a kilómetros, hermanito. Era casi gracioso verte con aquella mirada de perro desvalido, tú que siempre habías sido tan serio y tan distante, que nunca habías seguido a una chica, que nunca habías pasado una mala noche pensando en si a alguien le importabas o no. Papá solía decir que eras un caballero de la vieja escuela y que, cuando por fin te enamoraras, sería para siempre, como en las novelas antiguas, para bien o para mal, ¿te acuerdas? Por eso todos sabíamos, cuando te casaste con Elena, que la cosa no funcionaría.

Pero cada uno debe cometer sus propios errores. Sólo así se aprende cuando no se quiere aprender a través de la experiencia de los demás.

Ésa es una de las muchas cosas a las que doy vueltas por las noches, cuando me meto en la cama en el dormitorio de los médicos de guardia y se me va la mente hacia aquellos días de Rio. ¿Cuándo supe que la quería? ¿Cuándo supe que Silvana había dejado en mi corazón huellas como esas que se ven a veces en alguna superficie de asfalto que fue pisada mucho tiempo atrás, cuando aún estaba tierna, y aún son visibles, por muchos coches y pies que hayan pasado por encima al correr de los años?

Creo que cuando me oí a mí mismo hablando con Reinaldo, explicándole la tragedia de una muchacha que sólo conocía desde hacía un par de días y me di cuenta del tono que estaba usando yo, de la suave ironía de Reinaldo que se iba convirtiendo poco a poco en seriedad extrema hasta que acabó citándonos a cenar esa misma noche en un restaurante cercano al hotel, comprendí que aquello era serio, que los amores repentinos y fulgurantes que yo creía solamente literarios y un poco ridículos existen y duelen, y son capaces de cambiar una vida para siempre.

Y cuando las vi llegar a la habitación, cargadas de bolsas, Silvana con los vaqueros y la camiseta de florecitas, como cualquier chica de mi instituto, supe que ella era lo que yo quería, lo que querría mientras viviera, a pesar de la diferencia de clase y cultura, de nacionalidad, de mentalidad, por encima de todo y de todos.

José Da Silva se aburría en su cuarto de hotel. De hecho, últimamente se aburría en todas partes. Con una mínima fracción de su cerebro sabía que aún estaba en Rio y aún tenía dos trabajos que hacer antes de salir de allí, pero la mayor parte de sí mismo estaba ya en otro lugar y daba ambos encargos por concluidos. Esa misma tarde tenía que cerrar el trato con los españoles y, en cuanto eso estuviera hecho, se daría una vuelta por la casa de la muchacha en Santa Teresa y despacharía el otro asunto; no valía la pena concederle más atención. Sería fácil, rápido y sin complicaciones, como con la vieja. Se lo haría llevadero a la chica porque le daba lástima mandarla al otro barrio precisamente ahora que habría podido empezar a vivir realmente, sin la carga de la abuela ni del mocoso. Pero posiblemente, antes de liquidarla, dedicaría un rato a disfrutar de la situación. Nunca le habían atraído las mujeres tan jóvenes, pero estaba dispuesto a hacer una excepción en su caso, como un regalo de despedida para los dos. Para él sería la última carioca de su estancia en Rio, para ella el último hombre de su vida. ¿Qué más podía pedir un hombre inteligente? Sólo los imbéciles quieren ser el primero. Los que de verdad saben del mundo, exigen ser el último, y ¿qué mejor garantía se puede tener de la fidelidad de una mujer que la absoluta certeza de que nunca más habrá otro en su vida?

Se rió de su ocurrencia mientras destapaba una cerveza y se asomaba a la ventana de su cuarto. Tenía que hacer tiempo hasta las ocho, de modo que se la acabó en dos tragos, recogió la bolsa de deporte y se fue al gimnasio, a hacer pesas.

–No irás a dejarme sola aquí con el niño, ¿verdad, Rafa?
–Había miedo en la voz de Charo.

–¿No pensarás que vamos a ir los tres en amor y compañía a encontrarnos con esa sabandija? Hemos quedado aquí cerca; no tardaré más de media hora. Voy, le pago y vuelvo. Él me entregrará los documentos; mañana llamo a la compañía aérea, confirmo los billetes y, en cuanto haya plazas, nos vamos a España.

–Tenemos reservados tres billetes, ¿verdad?

—Claro. Reservados desde España. Rafael Martínez, Charo Díaz y Fernando Martínez Díaz, hijo de ambos.

Ella entrecerró los ojos, como si la voz de su marido recitando sus nombres fuera un conjuro.

—Dilo otra vez, Rafa.

Él lo repitió mientras le acariciaba el pelo.

—Tengo que irme, no vaya a creer que me niego a pagar.

—¿Cuánto va a ser por fin?

—Ya lo hablaremos en casa, Charo. Cuanto menos sepas, menos sufres.

—Pero podemos, ¿no?

—Podemos, no te preocupes.

Tras otro beso rápido a su mujer y una ligera caricia a la cabeza del pequeño, Rafael Martínez salió del cuarto con una mano apretada firmemente sobre el bolsillo interior de la chaqueta donde había puesto el sobre con el dinero.

En las películas todo parecía muy fácil, dinero y documentos cambiaban de manos sin un suspiro y los protagonistas conservaban la sangre fría incluso ante el cañón de un revólver, pero en la vida real las cosas no eran tan sencillas. En el espejo del ascensor se reflejaba la imagen de un hombre de mediana edad obviamente nervioso y obviamente concentrado en ocultar algo que llevaba en la chaqueta, así que se esforzó por parecer natural, desengarfiar la mano y adquirir el aspecto de un turista más que ha decidido dar una vuelta por la playa antes de una cena temprana. Al fin y al cabo, lo que querían de él era el dinero y él ya tenía en su poder lo que había comprado.

Se había levantado un vientecillo fresco que traía una mínima llovizna, casi agradable por contraste con la cerrada atmósfera de la habitación y su olor a pañales sucios. No le habría importado que Da Silva se retrasara, ya que eso le habría permitido disfrutar de la frescura del ambiente, de la sensación de estar un rato solo, sin los llantos del niño, sin las constantes preguntas de Charo, del placer de sentir la brisa cargada de olores húmedos; pero la silueta del hombre se perfilaba ya contra la barra del bar de la playa donde lo había citado y eso le quitaba de repente toda la gracia al paseo.

Como le habían ordenado, pasó por delante del bar sin mirar a Da Silva y por el rabillo del ojo registró que el hombre se apartaba indolentemente de la barra y empezaba a caminar detrás de él. Se le aceleró la respiración y la mano se le disparó, como por impulso propio, hacia el bolsillo. Sintió el crujido del papel y la retiró con un esfuerzo consciente mientras sus ojos seguían fijos en las luces del siguiente hotel, a unos trescientos metros.

Cruzó el vestíbulo, entró en el bar, se instaló en una mesita discreta y unos segundos más tarde, Da Silva se reunía con él llevando una *caipirinha* en cada mano.

–Todo arreglado, señor Martínez. Enhorabuena –dijo levantando el vaso.

–¿Lo ha traído?

Da Silva esbozó una sonrisa y se tocó significativamente el pecho a la altura del bolsillo interior antes de añadir:

–También usted, supongo.

Martínez asintió con la cabeza.

–¿Puedo ver los documentos?

–Mejor en su cuarto, ¿no le parece? No querrá que nadie recuerde a un extranjero ansioso repasando unos papeles.

Martínez tragó saliva y Da Silva sonrió para sí. Era absolutamente ridículo pensar que alguien iba a investigar una cosa tan trivial hasta el punto de preguntar por los bares de la zona si alguien recordaba a un extranjero que parecía nervioso, pero disfrutaba demasiado de la situación para no apurarla hasta el fin. Aquel pobre hombre estaba convencido de haberse metido en un auténtico *thriller* y con toda seguridad era lo más peligroso que le había sucedido en su vida.

—Ahora me levantaré para ir al baño —dijo bajando la voz—, dejaré un sobre en la silla del lado de la pared y cuando vuelva, usted lo habrá guardado y habrá colocado el suyo en el mismo lugar. Luego nos despediremos como buenos amigos y no volveremos a vernos. Y no intente pasarse de listo conmigo marchándose con el dinero antes de que regrese —añadió antes de darle la espalda—. Me enfado pocas veces, pero nadie que me haya visto enfadado ha vivido para contarlo.

Cuando Da Silva regresó del baño, se alegró de ver que Martínez aún estaba pálido y al estrecharse las manos, notó que temblaba.

De camino a su hotel, con los documentos en el bolsillo de la chaqueta y un sudor frío pegándole la camisa a la espalda, Rafael Martínez pasó por delante del restaurante italiano al que había pensado llevar a Charo a cenar y, al notar el olor a pan caliente y especias, sintió que vomitaría allí mismo, a pesar de que los clientes que se distinguían por las cristaleras comían con apetito. Le pareció reconocer al chico y la chica jóvenes que estaban sentados de cara al paseo, parcialmente ocultos por un hombre alto y la preciosa cabellera oscura de una mujer, pero no consiguió ubicarlos y, sin esforzar la memoria, los olvidó y siguió caminando cada vez más rápido hacia el Othon, hacia la seguridad de su cuarto.

Inés registró con parte de su mente la cara fantasmal del hombre que acababa de apartarse de los cristales, y estaba a punto de saber quién era cuando un giro de la conversación la hizo concentrarse de nuevo en lo que los otros tres hablaban a su alrededor.

Reinaldo era un hombre guapo, aunque no de la misma manera que su padre. Los dos eran altos y aún jóvenes, pero

Reinaldo era más blando, menos curtido, con una elegancia natural enfatizada por su traje oscuro y la camisa de finas rayas; un hombre que sólo se podía imaginar en el marco de un restaurante o una oficina, sin la piel tostada y arrugada de su padre, sin su sonrisa deslumbrante surgiendo de entre la barba descuidada. Ella quería mucho a Reinaldo, a quien conocía prácticamente desde que tenía memoria, pero en aquel momento habría dado algo por que fuera su padre el que estuviera en la silla de enfrente.

–Lo primero es conseguir ese testamento –estaba diciendo Reinaldo–, ya que me figuro que *Finadinha* no lo habrá firmado ante notario y por ello no existe la posibilidad de que haya una copia en alguna oficina.

Silvana negó con la cabeza.

–Lo firmó en casa, con la señora María y Nicolás, el argentino, como testigos. Luego lo escondió en un hueco detrás del cabezal de su cama, bien encerrado en una cajita de madera, de esas de los puros... por lo de las ratas, ¿saben?, en aquella casa hay muchas ratas, hay que llevar cuidado.

–Si lo pudieras conseguir por las buenas, sin intervención policial, sería lo mejor. Luego me lo traes y, si todo está en regla, podremos proceder a desalojar a la familia que ocupa indebidamente tu propiedad. Después lo mejor sería ver de vender la casa, el terreno más bien. No creo que sea muy agradable tener de vecinos a los Soares viviendo sola y a tu edad.

–Lo que usted diga, señor abogado –dijo Silvana bajando los ojos.

–En cuanto a lo del niño, esta misma noche me pongo en contacto con la policía de fronteras para evitar, por lo menos, que lo saquen del país.

–¿Y si tienen papeles falsos? –preguntó Jandro.

–Para sacarlo, tienen que tenerlos, pero si sabemos lo que

buscamos y ponemos a los agentes a buscar algo concreto, lo encontraremos.

—Dios se lo pague —dijo Silvana muy bajito.

El abogado le cogió la mano y se la apretó con suavidad.

—Vamos a hacer todo lo posible para que encuentres a João. Mientras tanto, puedes elegir, o te vienes a mi casa los próximos días o te quedas con este par de locos en su hotel.

Silvana los miró, inquieta. No quería desairar a aquel señor que la iba a ayudar a encontrar a João, pero tampoco quería irse a casa de un perfecto desconocido; prefería, con mucho, compartir con Jandro e Inés la habitación de aquel hotel de cuento de hadas. Inés la sacó del apuro:

—Se viene con nosotros. Papá nos ha puesto un mail diciendo que está bien y que intentará llegar cuanto antes.

—Pues no se hable más y ahora vamos a tratar de disfrutar la comida. Con el estómago vacío no se puede pensar.

El camarero había dejado la carta sobre la mesa y, cuando cada uno cogió la suya después de las últimas palabras de Reinaldo, Silvana la desplegó frente a sus ojos, tuvo una sensación de vértigo al ver tanta letra sobre papel, la cerró de nuevo y la dejó donde estaba.

—Elige tú por mí —dijo mirando a Jandro—. Yo no sabría qué pedir, pero me gusta todo, no te preocupes.

La sonrisa fue tan esplendorosa que Jandro tardó unos segundos en reaccionar. Ahora que se había bañado y llevaba el vestido que habían comprado por la tarde, de color naranja con un borde blanco en el escote, parecía una diosa tropical. Hasta le habían vuelto a brillar los ojos y las ojeras se habían difuminado. Le costó un auténtico esfuerzo dejar de mirarla y desviar la vista al menú del restaurante, pero lo hizo porque quería elegir algo realmente bueno para ella, uno de sus platos favoritos para que compartiera algo con él, aunque sólo fuera en cuestión de gustos gastronómicos.

Estaba ya a punto de decidirse por unos *fettuccini ai frutti di mare* para los dos, cuando Inés lo interrumpió diciendo:

—*Costata a la fiorentina*. Hoy me apetece carne. Una buena chuleta rosadita con patatas y verduras. ¿No te apetece a ti también, Silvana? —Y le echó una mirada significativa a su hermano—. Hace siglos que no como carne de ternera. Nos invitas tú, Reinaldo, ¿verdad? Para eso eres nuestro tío honorífico.

—Sí, tigresa, sí, invito yo. Comed toda la carne que queráis —dijo—. Felices vosotros que no tenéis que cuidaros —añadió con una sonrisa, pasándose la mano por el estómago que ya empezaba a abultársele a pesar de que sólo tenía cuarenta y cuatro años, como Juanjo, el padre de Inés y Jandro.

Cuando le trajeron la chuleta y sintió de cerca el olor de la carne asada, Silvana estuvo a punto de marearse y, casi sin saber por qué, se le llenaron los ojos de lágrimas. Eso es lo que le habría gustado poderle comprar alguna vez a *Finadinha*. Y ahora... ya nunca.

Pensó otra vez dónde estaría su João, con quién, y de nuevo le vino la espantosa idea a la que no dejaba de dar vueltas en su mente: ¿y si lo había comprado un matrimonio rico? ¿Y si a partir de ahora, en lugar de pasar hambre y necesidad de todo tipo con ella, podía crecer en una familia donde comer carne fuera lo más natural del mundo? ¿No sería mejor para João creer que la otra mujer era su madre y vivir como vivían sus amigos españoles en lugar de crecer entre las ruinas de Santa Teresa?

—¿Cuándo quieres que vayamos a tu casa a buscar el testamento? —preguntó Jandro, sacándola de sus pensamientos.

Silvana se tragó las lágrimas, que le dejaron un gusto salado al fondo de la garganta y volvió a mirar a Jandro.

—A media mañana, cuando los hombres se hayan ido y las mujeres estén por ahí. Entonces no quedarán más que algunos críos y una o dos abuelas; no debería ser muy difícil si nos acompaña dom Ricardo.

–Vale, pues entonces esta noche estamos libres. ¿Qué queréis que hagamos después de cenar?

En la habitación del hotel, Rafael Martínez miraba con ojos dilatados de espanto los papeles que acababa de sacar del sobre, mientras Charo estaba en el baño cambiándole los pañales al pequeño.

No podía ser. Estaba todo mal. Le habían sacado un montón de dinero y ahora los documentos estaban a nombre de Felipe Martínez Díaz, nacido dos meses atrás en Rio de Janeiro. Se le nubló la vista y por un momento sintió un impulso casi incontenible de gritar, salir corriendo de allí, tomar un avión y no parar de correr hasta haber llegado a su casa, a su trabajo, a su vida cotidiana sin matones, ni bebés, ni encuentros misteriosos en cafeterías de hotel con hombres de mirada dura y dientes de oro.

Se pasó la mano por la frente, que se le había puesto húmeda, se la secó en la pernera del pantalón y se obligó a concentrarse en el problema.

Lo de la fecha no era muy grave porque, aunque estaba claro que el niño tenía más de dos meses, siempre se podía alegar que estaba muy desarrollado, pero lo del nombre era terrible. Charo siempre había querido que se llamara Fernando, como su padre, y ellos habían reservado un billete a nombre de su hijo Fernando, no Felipe.

Dejó los documentos sobre la cama mientras trataba de respirar hondo y tranquilizarse para poder llegar a la mejor solución.

Podía llamar a Iberia y decir que quería confirmar los billetes de Rafael, Rosario y Felipe y, cuando le dijeran que la reserva estaba a nombre de Fernando, montarles un escándalo diciendo que habían cometido un error en el nombre de su hijo. Pero eso sería llamar la atención sobre algo que no le interesaba que nadie recordara después. Aún se le erizaba el vello de la nuca pensando en las palabras de Da Silva.

Podía llamarlo a él y decirle que había habido una confusión y que los papeles no se ajustaban a lo que había pedido. Pero en el mejor de los casos, supondría un retraso de varios días y seguramente otro montón de dinero. De hecho lo más probable es que no se hubiera tratado de un error, sino que lo hubieran hecho a propósito para sacarle más jugo a la situación.

Podía... ¿qué más podía hacer?

Podía confesarse a sí mismo que no estaba hecho para todo aquello, que él no era más que un pobre hombre que siempre había vivido del lado de la ley y no sabía cómo enfrentarse a una situación de ese tipo.

Podía pagarle a aquella gente lo que le pidieran por unos documentos nuevos y costearse una semana más de hotel.

Salió al balcón a mirar el panorama y tratar de aclararse las ideas con el aire fresco. No quería ponerse en ridículo, no quería darse por vencido. No era sólo cuestión de dinero, era sobre todo cuestión de que a Rafael Martínez no se le podía tomar el pelo así como así. El dinero, al fin y al cabo... Con la vista fija en la silueta del Pan de Azúcar sintió que empezaba a acudirle una idea.

Puestos a seguir gastando, mejor hacerlo en algo que aquellos tipos no se esperaran. Lo más prudente sería aceptar los documentos como estaban, comprar tres billetes de avión a Buenos Aires para lo antes posible y desde allí comprar otros tres billetes a Madrid, dejando perder los que ya tenían.

Suspiró, satisfecho de su rapidez mental. Estaba deseando salir de aquella ciudad a la que no pensaba volver en la vida. Quería olvidarse de todo y empezar de cero, como si aquellos días en Brasil no hubieran sido más que una pesadilla. Aunque quizá...

La noche anterior se le había ocurrido pensar que quizá algún día, cuando Fernando... no, cuando Felipe fuera adulto, podrían volver a Rio y visitar con él los lugares donde se habría desarrollado su infancia de no haber sido por ellos. Pero eso significaría confesarle en algún momento de su vida futura que era un niño adoptado. Más querido y deseado que muchos hijos naturales, pero adoptado. Y eso, conociendo a Charo, no sería posible jamás. Tendrían que mentir y mantener esa mentira el resto de sus vidas, hasta llegar a olvidar que lo era.

Ahora, cuando su mujer saliera del baño con el niño oliendo a colonia y a leche mal digerida, tendría que decirle lo del nombre. Se le ponía carne de gallina sólo de pensarlo. Se echaría a llorar, empezaría a tenerse lástima a sí misma y acabaría histérica, contagiando al niño de su histeria. Otra noche sin dormir.

Oyó su voz sobre el ruido del agua que llenaba la bañera:

–¿Está todo bien, Rafa?

–Todo bien, cariño –dijo con firmeza–. ¿Te importa que baje al bar a tomar una copa antes de la cena?

Da Silva estaba apoyado en el poste de una farola desvencijada que hacía tiempo que se había apagado para siempre en la esquina de enfrente de la casa de la muchacha. Fumaba lentamente como si esperara a alguien mientras sus ojos vagaban por los alrededores registrando todo posible movimiento: un gato deslizándose rápido sobre un latón de basura, las hojas de un cocotero agitadas por una brisa alta que no llegaba hasta él, una motocicleta renqueante y lejana tomando la curva de más arriba. Por suerte la chavala vivía en una zona donde no había tabernas ni tiendas, y a esas horas ningún turista se habría aventurado por aquellas callejas oscuras y malolientes. No había peligro de ser observado, pero de todas formas, rozó ligeramente el arma que llevaba en el bolsillo derecho de la americana porque su contacto siempre lo tranquilizaba. También llevaba una navaja automática en el bolsillo trasero del pantalón y un puñal corto en la caña de la bota, además del delgado cable elástico enrollado en el reloj. Siempre era mejor ir preparado para cualquier contingencia, aunque no creía que pudiera haber problemas. La muchacha no debía de pesar ni cincuenta kilos; lo más que podía hacer era gritar, pero ya le explicaría él que no le convenía hacerlo.

La casa estaba a oscuras, como era de esperar. O se había acostado ya o aún no había vuelto del trabajo. Pensó indolentemente qué le apetecería más: verla llegar subiendo la cuesta y seguirla entre las sombras hasta alcanzarla en la puerta trasera o entrar en la casa y despertarla por última vez.

Se decidió por lo segundo. Si no estaba aún, se acomodaría en su cama y la esperaría en la oscuridad de su cuarto. Nunca le había molestado esperar; era parte de su trabajo y constituía una ocupación agradable que tensaba los nervios y aguzaba las percepciones.

La colilla trazó un arco de fuego en la penumbra de la calleja y se apagó en un charco mientras, esforzándose por no dar rienda suelta a sus impulsos y ponerse a silbar, cruzaba la calle para internarse en el jardín decrépito.

En el mismo momento en que Da Silva alcanzaba la puerta de la cocina, Silvana estaba recuperándose de un ataque de llanto en la habitación de los hermanos donde ahora acababan de instalar una cama más.

Habían vuelto de tomar un helado, Reinaldo los había

acompañado al hotel y lo había arreglado todo para que Silvana tuviera su carnet de cliente para los próximos cuatro días, el tiempo que le había parecido que tardaría en llegar su amigo Juanjo. Luego los tres jóvenes habían subido a la terraza, a enseñarle a Silvana la maravillosa vista del Pan de Azúcar y la Copacabana y, entonces, sin previo aviso, la muchacha se había echado a llorar tan amargamente que habían tenido que bajar a toda prisa a la habitación y habían acabado a oscuras, sentados en el suelo, mirando impotentes el ataque de pena de Silvana.

–Esto no es para mí –decía entrecortadamente–. Yo tengo que estar en mi casa. ¿Y si alguien ha encontrado a João y me lo ha traído y nadie sabe dónde estoy? Tengo que irme ahora mismo.

–Si lo han llevado a tu casa –trataba de razonar Inés– lo tendrán los Soares. Mañana te lo darán, yo lo tomo en brazos y, mientras pregunto cómo ha sido la cosa, tú vas al cuarto de *Finadinha*, recoges el testamento y salimos cortando a toda velocidad.

Silvana negaba una y otra vez con la cabeza sin poder ya hablar, ahogándose en su propia respiración entrecortada.

–Tengo que irme ahora –terminó por articular.

–Haz algo, Jandro –susurró Inés al oído de su hermano–. No podemos dejar que se vaya ahora. Voy a traer una toalla húmeda.

Jandro la miró sin saber qué hacer. Habría dado algo por que dejara de llorar, pero no se le ocurría qué podía hacer para evitarlo. Silvana levantó la vista y lo miró entre las lágrimas. Entonces él, por puro instinto, abrió los brazos y la dejó acurrucarse contra su pecho.

Tengo veintinueve años y he abrazado a muchas mujeres en la vida por muchas razones, pero si me dieran la posibilidad de elegir un solo abrazo de entre todos, un solo abrazo que conservar en la memoria para revivirlo antes de morir, elegiría el de aquella noche en que por primera vez sentí el cuerpo de Silvana contra el mío. Dos cuerpos jóvenes y flacos vibrando como recorridos por una corriente eléctrica. Aún siento un escalofrío al recordarlo porque nunca, ni antes ni después, he sentido una cosa así: la absoluta certeza de que aquella muchacha que lloraba en mi hombro era la mitad que me faltaba, la que me convertía en un ser completo, redondo, perfecto.

Recuerdo que pensé en aquel momento que si el suelo y las paredes se disolvieran a nuestro alrededor, quedaríamos flotando en el aire tibio de la noche hasta que los rayos del sol al amanecer nos hicieran posarnos en la arena junto con el rocío.

No había nada más que el calor de su cuerpo, sus sollozos que se iban calmando, su pelo enredado en mis gafas, en mis mejillas sin afeitar, su aliento que sabía a vainilla y a coco, sus manos acariciando mi nuca, sus labios tan firmes, tan dulces, su voz murmurando palabras en un brasileño que no podía comprender.

La luz del baño nos sobresaltó; nos volvimos y allí estaba Inés, con la toalla mojada en una mano balbuciendo algo de que tenía que salir un momento y que no tardaría. Silvana se soltó de mi abrazo, le cogió la toalla y le dio un beso en la mejilla.

—Ya estoy mejor, Inés. Vamos a dormir —dijo, mientras se frotaba la cara.

Yo salí al balcón y, de espaldas a las chicas que se desnudaban para meterse en la cama, empecé a hacer planes absurdos para poder pasar el resto de mi vida con Silvana.

Da Silva notó el olor a cocina nada más entrar en la casa donde no brillaba ninguna luz y, por un segundo, le extrañó que la muchacha hubiera tenido ánimos de ponerse a guisar en sus circunstancias, pero enseguida sustituyó su extrañeza por una cierta admiración: la chica los tenía bien puestos, el muerto al hoyo y el vivo al bollo, como tiene que ser. Presintió que se iba a divertir y, deslizándose sigilosamente por el pasillo, entró en el cuarto de donde habían sacado al niño.

Alguien resoplaba suavemente en la oscuridad y el sonido lo hizo detenerse en el umbral. Era sencillamente imposible que la muchacha hubiera entrado en la casa sin que él lo advirtiera; había estado esperando durante más de dos horas y nadie se había acercado por allí. ¿Era remotamente posible que la chavala ya hubiera estado en la cama cuando él se había apostado cerca de la farola apagada? Tendría cierta lógica. Podía haber estado tan agotada y tan confusa que se hubiera hecho algo de comer, se hubiera metido en la cama temprano olvidándose del trabajo y él hubiera llegado cuando ella ya se había recogido. Había perdido dos horas como un imbécil.

Esperó un par de minutos en completa inmovilidad para que sus ojos se adaptaran a la negrura reinante, pero los copudos árboles del jardín impedían el paso a la difusa luminosidad de la calle. Daba igual. Quizá al cabo de un rato encendiera una vela. Siempre era más divertido ver a su pareja, especialmente en las circunstancias actuales, pero no había prisa, tenían toda la noche.

Se quitó la americana, y mientras empezaba a desabrocharse la camisa se puso a silbar suavemente, para que ella tuviera un poco de tiempo antes de despertarse del todo y darse cuenta de lo que ocurría y, ya estaba bajándose la cremallera de los pantalones, cuando el inconfundible chasquido de una escopeta a sus espaldas lo hizo detenerse y girarse de frente en un solo movimiento.

–Las manos en la cabeza –dijo una voz bronca a menos de tres metros–, y sin pasarte de listo.

Alguien encendió una lámpara de petróleo que brilló como una llamarada y, a su luz, Da Silva pudo ver al que lo encañonaba con una escopeta de caza de doble cañón y a tres hombres más que, en paños menores, con cara de pocos amigos y navajas en la mano, salían de distintas habitaciones de la casa que él había creído desierta, salvo por la presencia de la muchacha.

¿Quiénes eran todos aquellos tipos que, evidentemente, estaban durmiendo en la casa? ¿Dónde estaba la chavala? ¿Qué pensaban hacer con él?

Uno de los hombres, aproximadamente de su edad, había cogido un bate de béisbol y lo sujetaba displicentemente repartiendo sus miradas entre el hombre de la escopeta que debía de ser su padre, porque tenían la misma cara, y el intruso de la camisa blanca desabrochada.

–¿Te manda la golfa esa a echarnos de la casa? –preguntó el padre con un rictus de desprecio–. ¿O sólo eres uno de los turistas que les dan de comer?

Da Silva se relajó ligeramente al darse cuenta de que la segunda pregunta del viejo podía ofrecerle una salida mucho mejor que la de intentar librarse por la fuerza de cuatro hombres armados. Pero no le dio tiempo a contestar porque el de la escopeta siguió hablando.

–Dile a esa zorra que ahora ésta es mi casa y que no se le ocurra aparecer por aquí ni mandar a ningún guaperas de navaja a meterse en mis asuntos. ¡Largo, gilipollas!

Tratando de controlar la rabia que empezaba a sentir y que ya le estaba electrizando los músculos, abrió las manos con las palmas hacia arriba y forzó una sonrisa.

–Quedé con ella antes de ayer. Yo no sabía más que la dirección de la casa y el precio –mintió.

–La pasta puedes dejarla ahí encima. ¡No! ¡Las manos quietas! ¿Dónde llevas la cartera?

Da Silva indicó con los ojos la americana que había dejado caer al suelo. Tal vez valiera la pena intentar sacar el revólver del bolsillo derecho.

–¡Pedro! –bramó el viejo–. ¡Sácala tú!

—No, perdonen –interrumpió Da Silva, fingiéndose un turista asustado tratando de ser cortés–. No está ahí. La llevo en el bolsillo trasero del pantalón.

El joven de bigote de foca que el viejo había llamado Pedro se colocó detrás de él y sacó la cartera. Luego pasó la mano por debajo de la bragueta, por dentro del pantalón, como para asegurarse de que no llevara nada escondido en los calzoncillos y, antes de retirarla, le dio un brutal apretón en los testículos. Da Silva se dobló de dolor y cayó de rodillas ante las risotadas de los hombres a las que pronto se mezclaron otras más agudas, femeninas o infantiles, no podía saberlo porque los ojos se le habían llenado de lágrimas.

Sintió que alguien le echaba la americana por los hombros y luego empezaron a patearlo de un modo casi considerado para dejarle claro que tenía que avanzar hacia la cocina y salir de allí.

Ya en la puerta del jardín, aún tambaleante y semiciego de dolor, notó el frío del cañón contra la sien y luego las sucias cosquillas de la voz del viejo al oído.

—No vuelvas, ¿me oyes? No se te ocurra volver si quieres seguir con vida.

Se alejó trastabillando por el jardín y cuando se volvió al llegar a la verja, el viejo seguía apuntándole.

—¿Me dan los pasaportes, por favor?

La empleada de Aerolíneas Argentinas, una mujer rubia y atractiva de unos cuarenta años vestida con uniforme blanco y celeste como la bandera nacional, les sonreía. Una plaquita dorada sobre el pecho izquierdo informaba que su nombre era Luciana Benditti. Rafael sacó los documentos tratando de que no se le notara cuánto le costaba respirar, mientras Charo se hacía la distraída arreglándole al niño la camisita de Christian Dior que acababan de comprarle.

—Es la primera vez que veo una cosa así —dijo la empleada, y los dos la miraron intentando disimular la bola helada que les cerraba el estómago, pero la muchacha sonreía y eso los tranquilizó, aunque sólo un poco.

—¿A qué se refiere?

—Un pasaporte de una criatura tan pequeña, con su foto de bebé y todo. ¡Qué preciosidad de niño! —Estiró el cuerpo por encima del mostrador para mirar la carita del pequeño que sonreía mientras chupaba enérgicamente con sus mandíbulas desdentadas un collar de cuentas de vidrio—. Y no me digan que esto no es gracioso.

Debajo de los datos —nombre, apellidos, nacionalidad y demás—, en el espacio libre, el funcionario había escrito en una caligrafía redondeada: Firma: «No sabe».

Charo y Rafael sonrieron, incómodos.

—Está enorme para dos meses. Yo le hubiera echado lo menos cuatro —continuó la empleada sin saber que cada comentario suyo era como un puñetazo para el matrimonio.

Se sentó al ordenador y empezó a escribir los datos para la reserva de vuelo. Cuando terminó, les entregó los pasajes, les devolvió los pasaportes y se volvió a inclinar hacia Charo y el niño.

—Perdóneme la indiscreción, señora —susurró—, pero he visto en su pasaporte que tenemos la misma edad y quería hacerle una pregunta personal, si me permite.

Charo miró a su marido deseando huir de allí a toda carrera y sabiendo que sería lo peor que podía hacer, que tendría que acostumbrarse a esas cosas si quería que los demás se acostumbraran a la idea de que el pequeño era hijo suyo.

—Usted dirá —contestó con un hilo de voz.

Luciana Benditti salió de detrás del mostrador con un gesto de cabeza a su colega para que se encargara ella de un posible cliente, se acercó a Charo y la llevó un poco aparte para no hablar delante del marido.

—Verá. —La mujer miraba al suelo y al niño alternativamente—. Yo llevo casada más de quince años y hasta ahora no habíamos tenido hijos. He ido a montones de médicos, aquí, en Argentina y en Estados Unidos, pero todos nos decían que no pasaba nada, que todo estaba bien y cuando por fin nos habíamos resignado a no tenerlos nunca, de repente resulta que estoy embarazada. —Charo alzó la vista, sorprendida—. Sí, aún no se me nota, estoy apenas de tres meses. Y yo quería preguntarle a usted si ha tenido problemas con el embarazo, si se ha hecho la amniocentesis para ver si el niño iba a ser sano... ya sabe... a nuestra edad el riesgo es alto... En fin, no quiero molestarla, pero no conozco a nadie en mi situación y usted está tan bien... Felipe es precioso y usted, para haber dado a luz hace dos meses está estupenda..., ¿podría darme algún consejo?

Rafael estaba desesperado. Veía a su mujer hablando con la azafata junto a la ventana y no sabía si acercarse a ver qué estaba pasando o seguir donde estaba como un idiota. Charo lo miraba de vez en cuando pero no se la veía aterrorizada, sólo nerviosa, insegura, enseñando los dientes en una sonrisa voluntariosa que parecía de calavera.

—Hay que cuidarse un poco —improvisaba Charo—, descansar, no llevar peso, ir todas las semanas al control, procurar no engordar demasiado... lo normal, vamos. Pero según mi ginecólogo, hoy en día la madurez en las mujeres llega más tarde; empieza a ser normal tener un hijo a nuestra edad.

—¿Se hizo la amniocentesis?

—Sí. Es decir, no. Pensé hacerla pero luego me asusté porque puede dañar al niño, así que decidí dejarlo en manos de Dios. Al fin y al cabo, es nuestro hijo, tanto si está sano como si no.

–Han tenido mucha suerte. ¿Me deja cogerlo en brazos?

La primera reacción de Charo fue negarse a abandonar al niño en brazos de aquella desconocida, pero antes de contestar, viendo el anhelo en los ojos de la otra mujer, recordó su propio deseo unos días atrás, cuando ella le pidió a la muchacha brasileña que la dejara coger a su hermanito y se lo tendió.

–Lleve cuidado con la cabeza. Parece mayor, pero aún es muy pequeño.

Luciana lo cogió con infinito cuidado, como si estuviera hecho de un cristal finísimo que pudiera romperse a la menor presión, lo abrazó unos instantes y lo devolvió con renuencia.

–Dentro de medio año, usted también tendrá uno así –dijo Charo, emocionada.

–Es lo que más deseo en el mundo –suspiró la otra.

–Yo también. Toda la vida.

Hubo un momento de pausa en el que las dos mujeres se miraron a los ojos, un momento de absoluta solidaridad femenina, maternal. Luego Luciana le tendió la mano.

–Les deseo un buen viaje a Buenos Aires y un feliz regreso a casa.

Cuando ya estaban en la puerta y, viendo que no había más clientes en la oficina, la mujer los volvió a llamar.

–Perdone otra vez, ¿fue parto normal?

–Sí –contestó Rafael–, nueve horas.

–Cesárea –contestó Charo al mismo tiempo.

La miradas de Luciana y su compañera eran entre perplejas y divertidas.

–Nueve horas de contracciones y al final cesárea –explicó Charo mirando a su marido como si una no se pudiera fiar de lo que cuentan los hombres en ese terreno–. Le deseo que le salga tan bien como a mí.

Ya en la calle, cuando se hubieron puesto a salvo de las

miradas de la mujer, se detuvieron a la vez y suspiraron de alivio.

–Habrá que ponerse de acuerdo en un par de cosas, señora –dijo Rafael, pasándole el brazo por los hombros–. Bueno, ahora ya está. Cuatro días más y a Buenos Aires y luego de allí a Madrid. Estoy deseando salir de Rio.

–Oye –preguntó Charo, repentinamente seria–, ¿por qué la azafata ha llamado Felipe a Fernando?

Rafael levantó los ojos al cielo, volvió a bajarlos, encontró una cafetería al otro lado de la calle y, aún sin contestar, dirigió a su mujer a la otra acera pensando cómo decírselo del mejor modo posible.

6

Dom Ricardo estaba preocupado y no conseguía concentrarse en los papeles que llenaban su mesa. No había sabido nada de *Bonitinha* desde el día anterior y, si la noche antes había sentido un inmenso alivio al darse cuenta de que la muchacha no iba a dormir bajo su techo, ahora se sentía culpable, tanto del alivio del día anterior como de no haber insistido en saber concretamente qué pensaba hacer. No le gustaba la idea de que su miedo a las habladurías le hubiera llevado a una falta de caridad que hubiera arrojado a *Bonitinha* en brazos de cualquier turista desaprensivo. La muchacha era preciosa y estaba desesperada. Todo era posible, aunque la consideraba una chica decente. Lo de João había sido sólo un descuido, fruto de una larga relación con un muchacho de su barrio que se había ido al servicio militar y había vuelto con quince días de permiso. Él había tratado de convencerlo de que lo mejor era que se casaran, pero Silvana no había querido ni pensarlo, se había dado cuenta de que no lo quería y de que, en los meses en los que no se habían visto, su novio se había convertido en el tipo de hombre que acaba dejándose mantener por su mujer y yendo a beber y a jugar a las cartas con los vecinos.

«La culpa es mía, por idiota», le había dicho Silvana. «Yo puedo sacar fuerzas para luchar por mi hijo, pero no para mantener a un padre que me da asco ya.»

Tenía razón. Y como tenía razón, él había dejado de insistir y sólo le había hecho prometer que no caería en la prostitución para sacar a João adelante. Pero hay promesas que no son fáciles de mantener cuando el hambre acucia.

¿Dónde habría pasado la noche? ¿Con su amiga Joanna? Esa amiga era precisamente lo peor que podía pasarle, porque ella no tenía muchos escrúpulos para conseguir lo que necesitaba acompañando a hombres solos a donde quisieran llevarla.

Quizá sus nuevos amigos, los que se alojaban en el hotel de Copacabana, hubieran hecho algo por ella. Tendría que asegurarse para poder trabajar tranquilo, pero antes tenía que hacer un par de visitas a enfermos de la parroquia. Salir un rato le despejaría la cabeza y quizá incluso podría acercarse al Othon a buscar a Silvana antes de volver a su papeleo con la tranquilidad del que ha hecho cuanto está en su mano.

Sin pensarlo más, metió los papeles en la carpeta de su escritorio, cogió las llaves del coche, se puso las gafas de sol y salió a la calle, dejando que el teléfono sonara en el despacho. Si era de verdad urgente, acabarían por localizarlo a su vuelta.

–Nada –dijo Jandro, colgando el teléfono–. No está.

–Puede que haya salido a hacer visitas –dijo Silvana–. Lo que está claro es que, sin él, no podemos ir a mi casa. Son capaces de matarnos a golpes.

—Ya será menos, mujer –contestó Inés.

—¡Cómo se nota que no conoces a los Soares! Son prácticamente una banda de matones, el padre y los tres hijos. Hasta las mujeres de la familia son de armas tomar. Yo sin dom Ricardo no pienso ir. Incluso con él me da miedo.

—¿Y cómo se explica –preguntó Jandro– que cuando vivía *Finadinha*, que no era más que una anciana, os dejaran tranquilas?

—Porque *Finadinha* había sido madrina del viejo Soares. Mientras ella vivió, los hijos tenían orden de no tocarnos un pelo de la ropa, pero creo que él se había hecho ilusiones de que *Finadinha* le dejara la casa a su muerte. Por eso no le hizo ninguna gracia cuando me fui a vivir con ella y empezó a tratarme como a una nieta.

—Venga, vamos a desayunar y ya volveremos a llamar luego –cortó Inés, siempre tan pragmática.

Subieron al comedor, dieron su número de habitación a la camarera que apuntaba qué clientes habían entrado ya a tomar el desayuno y pasaron a la enorme sala de la cascada artificial con sus largas mesas vestidas de manteles blancos y llenas de manjares. Silvana estaba deslumbrada, pero hacía lo posible por que no se le notara demasiado hasta que vio a Inés sirviéndose un poco de fruta en un platito y no pudo contenerse más.

—No, tonta, llénatelo bien, porque si luego quieres más, tendrás que ir a pesar de nuevo a la balanza y te volverán a cobrar el plato, que pesa un quintal. En el Kiloexpress los clientes se lo llenan hasta los topes. Mi jefe se cabrea y se pasa la vida comprando platos cada vez más pequeños para que quepa menos comida.

—Esto no es el Kiloexpress, Silvana –intervino Jandro–. Aquí todo es gratis. Puedes servirte todo lo que quieras, todas las veces que quieras.

—¿Sin pagar? –Silvana estaba a punto de ofenderse porque pensaba que Jandro debía tenerla por realmente imbécil si creía que ella se iba a tragar una estupidez tan grande.

—Está incluido en el precio de la habitación, que no es precisamente barata.

Silvana cerró la boca y se quedó mirando como atontada todo lo que se ofrecía en las mesas: bebidas calientes –té, café, infusiones–, zumos naturales –naranja, pomelo, limón, guayaba–, agua mineral con y sin gas, leche, crema, nata montada, yogures de distintos sabores, quesos de varios tipos, mantequilla con y sin sal, mermeladas, jaleas y miel, jamón dulce y jamón crudo, salchichas y bacon recién hechos, tomates asados, huevos revueltos, fritos y pasados por agua, panecillos de todos los tamaños y modelos, pasteles de chocolate, de crema y de frutas, tostadas, bollitos, croissants calientes, largas barras de pan francés y, en una mesa aparte, flanes, budines de leche, crema de vainilla y chocolate, frutas naturales enteras o en macedonia y grandes bandejas de fruta ya cortada en trozos: plátanos, guayabas, manzanas, peras, papayas, mangos, naranjas, kiwis, uvas blancas y negras, melón, sandía y ananás.

—Esto es una vergüenza –dijo en voz ahogada–. Con esto, *Finadinha* y yo hubiéramos tenido para medio año y aquí la gente se deja la comida en los platos, prueba cosas y las tira, sabiendo que a dos pasos de aquí, ahí mismo, en la acera, todas las noches duermen personas que hace días que no comen.

Inés le pasó el brazo libre por los hombros.

—Pues nosotros no vamos a tirar nada. Nos vamos a poner morados, chica, nos vamos a aprovechar de todo, ahora que tenemos ocasión.

Silvana lanzó a Inés una mirada por encima del hombro, sabiendo que su solidaridad era falsa hasta cierto punto, pero agradecida de que no hubiera tratado de llevarle la contraria. Inés sabía que ella tenía razón, pero tampoco tenía culpa de que en la ruleta de los nacimientos le hubiera tocado nacer en un mundo donde podían tener cosas así, si no todos los días, al menos de vez en cuando.

–Tienes razón. En el fondo es una suerte que dom Ricardo esté ocupado, porque yo no me voy de aquí hasta que reviente.

Y, fiel a su palabra, se quedaron en el comedor hasta que los camareros empezaron a levantar las mesas y a echarles discretas miradas de soslayo. Volvieron al teléfono del vestíbulo y al cabo de unos minutos quedó claro que las gestiones de dom Ricardo le iban a llevar toda la mañana.

–Bueno –dijo Jandro, volviéndose hacia las chicas–, pues creo que no me va a quedar más remedio que cumplir mi palabra y llevarte al Pan de Azúcar, hermanita.

–¿Qué es eso de llevarme? –contestó Inés, picada.

–¿Al *Pão d'Açúcar*? ¿Arriba? –Los ojos de Silvana brillaban de ilusión.

–¿Te apetece? –preguntó Jandro, mirando a Silvana con una expresión de entrega que quedaba casi cómica; una expresión que excluía a su hermana, a los clientes del hotel y al mundo entero.

Inés nunca había visto a Jandro tan feliz y le hizo gracia que, cuando acompañarla a ella era una obligación molesta, cumplir el deseo de Silvana lo hacía hincharse de orgullo.

Silvana asintió varias veces con la cabeza, sonriendo esperanzada, como una niña que ha pedido algo que sabe excesivo, pero ve en la expresión de su madre la posibilidad de que su deseo se realice.

–Pues no se hable más. ¡Al Pan de Azúcar, señoras! –Jandro pasó un brazo por los hombros de cada chica y, los tres juntos, salieron del hotel.

En su habitación, Zé Da Silva se paseaba arriba y abajo como una fiera enjaulada. A pesar de las horas pasadas en el gimnasio y de los infinitos puñetazos que había descargado contra el saco, sentía que la rabia acabaría por ahogarlo si no hacía algo, cuanto antes, contra la pandilla de desgraciados a los que debía la humillación de la noche anterior. Pero a lo largo de los años había aprendido que el mejor camino para la venganza era la espera del momento adecuado y tanto su intuición como su sentido lógico de la supervivencia le decían que ése no lo era en absoluto. Si quería salir de Rio y empezar una nueva etapa de su vida en otra parte, no había más remedio que hacer las cosas bien y tener muy claras las prioridades.

Podía ir directamente a buscar al viejo y sus hijos, esta vez eligiendo la ocasión y convenientemente armado y hacerles pagar la escenita, pero eso atraería la atención del barrio e incluso quizá la de la policía y le dificultaría el trabajo que tenía pendiente con la muchacha. De modo que lo primero era terminar con eso y luego arreglar cuentas con la banda en el último momento, justo antes de salir para el aeropuerto.

El problema, aparte de que la espera le iba a provocar una apoplejía, era que para acabar con la chica primero tenía que encontrarla y era evidente que, como estaban las cosas, no se iba a dejar ver por la casa de Santa Teresa en mucho tiempo. Lo que lo dejaba con la incómoda situación de tener que encontrar en una ciudad-pulpo como Rio a una muchacha que no quería ser encontrada y que lo mismo podía haberse ocultado en una de las varias, gigantescas *favelas* del cinturón periférico, que haber desaparecido con un turista extranjero durante unos días en una excursión a las cataratas del Iguazú, o haber decidido cambiar de aires ahora que era libre y haberse marchado a São Paulo, el destino que todos los desgraciados acababan por tomar cuando se les acababan las posibilidades. Y si en Rio era casi imposible encontrar a alguien, en São Paulo no bastaba una vida, considerando que la afluencia de desheredados a la metrópoli era, según las estadísticas, de trescientos mil al año, con lo cual una sola ciudad albergaba más habitantes que muchos de los países de centroeuropa. De momento São Paulo había superado a Luxemburgo, Bélgica, Holanda, Austria, Suiza y otros que no podía recordar.

Si quería encontrarla, tenía que hacerlo inmediatamente, antes de que la desesperación de verse sin familia y sin casa la hiciera abandonar Rio. Pero ¿cómo?, ¿dónde?

No podía pedir ayuda a dom Felipe y sus muchachos porque a él lo habían contratado por su fama de hombre de recursos, de lobo solitario. La humillación sería excesiva para su orgullo. Tenía que hacerlo solo. Y tenía que hacerlo ya.

Se vistió apresuradamente y, sin saber adónde iba, se lanzó a la calle con la esperanza de que su olfato de cazador lo condujera hasta su presa.

He recibido mail de Inés. Entre otras cosas, y como de pasada, me cuenta que el marido de Silvana ha muerto de una picadura de serpiente mientras llevaba en su canoa a unas monjas a una de las misiones de la selva. Nunca me había dicho que se hubiera casado y, sin embargo, no me ha sorprendido realmente. También yo me casé, aunque sólo fuera para divorciarme dos años más tarde. Pero no dejo de darle vueltas a la idea, tratando de imaginarme cómo sería ese hombre que Silvana eligió y que ahora ya no está a su lado. Un hombre fuerte, duro, silencioso, acostumbrado a la vida de la selva, a sobrevivir y a hacer sobrevivir a los suyos; así me lo imagino, pero es posible que haya visto demasiadas películas.

No te lo conté porque pensé que sería abrir una herida que había dejado de sangrar, Jandro. Yo no me imaginaba que la quisieras aún, que sólo necesitaras un leve empujón para venirte al Brasil con nosotras.

Es verdad que habías visto demasiadas películas, sí. Leonardo era duro, ¿cómo no iba a serlo alguien que se ha pasado la vida en la selva de jangadeiro, empujando troncos por los ríos hasta las serrerías?, pero era también alegre, cabal, religioso. No era el lobo solitario, amargado y cínico de las películas de acción. Y quería a Silvana con toda su alma. Como tú, supongo, pero de otro modo. El amor tiene muchas caras.

El resto del mensaje es lo habitual en Inés, objetivo, pragmático: la falta de personal —un médico por cada doscientos mil habitantes—, la falta de medicinas, de vacunas, la escasez de lo más necesario para la vida cotidiana, la fuerza y la fe de la gente que sigue haciendo su vida como si el futuro pudiera existir para ellos, a pesar de las empresas que desplazan a los indios de sus territorios, de la destrucción de la selva para construir carreteras que son inmediatamente devoradas por la naturaleza y que nadie utilizará jamás.

Me cuenta que papá estuvo de visita hace apenas dos semanas, que lo ha encontrado más viejo y más descuidado, me dice que tengo que convencerlo para que se quede una temporada en España y se haga algún control médico. Como si yo pudiera convencer de algo a papá.

Tengo la sensación de que me estoy volviendo loco, que la vida que llevo aquí es absurda, que no puedo seguir concentrando mi existencia en el trabajo de la clínica y en visitar los domingos a mamá, que se ha convertido en una hipocondríaca insufrible, para que me cuente sus achaques y los disgustos que le dan sus amigas viudas.

Inés me recomienda que salga más, que trate de conocer gente nueva —delicadamente evita decirme «mujeres» nuevas—, que me tome unas vacaciones en algún sitio bonito y relajante. Con un estilo inimitable que me hace desear estrangularla, me cuenta primero el tipo de vida que lleva ella en la selva brasileña y luego me dice que no tengo por qué sufrir de remordimientos de conciencia, que yo he elegido un modo de vida distinto al suyo y en esa vida hay lugar para unas vacaciones –sin duda merecidas–, para tener amigas, salir a bailar y a cenar en restaurantes caros, aguantar las locuras de mamá «que sólo me tiene a mí», comprarme una casita en la playa o un perro de raza o un descapotable.

Yo era sincera, te lo juro, Jandro. Sólo quería que fueras feliz. Siempre te he querido como una madre, a pesar de ser tu hermana pequeña. Creo que nunca llegaste a darte cuenta.

Imagino a Silvana, trabajando catorce horas al día, como Inés, en unas condiciones que no tengo fantasía para concretar, sabiendo que vuelve a estar sola, que el mundo es un lugar que no consiente los sueños, la felicidad, la alegría, que da con una mano y se apresura a quitar con la otra más de lo que te dio, siempre rodeada de enfermos, de moribundos, de mujeres que dan a luz a niños a los que ni siquiera ponen nombre porque quizá no lleguen a cumplir un año de vida. Lo imagino y me consumo de vergüenza por no haber sido capaz de dar más, por no haber dado nunca nada, ni siquiera a ella, que tanto me dio.

   Me pregunto a veces si la sigo queriendo, si el amor que nació entonces en Rio ha seguido creciendo dentro de mí como una planta selvática, feroz e imparable, hundiendo sus raíces en lo más profundo de mi ser hasta reventar la costra de comodidad, de civilización, de cultura que me he ido construyendo alrededor, como una ostra aísla la suciedad incrustada en su cuerpo hasta convertirla en algo reluciente y bello que parece una joya si se mira sólo desde fuera.

Preguntas, siempre preguntas. ¿Y las respuestas? ¿Y las decisiones? El amor comporta una responsabilidad que nunca quisiste aceptar, hermano. ¿Recuerdas El pequeño príncipe: «Uno es responsable de lo que domestica»?

Siempre creí que había conseguido encapsular el veneno que Silvana me inoculó en aquellos días de Río, que a pesar de todo había conseguido salvarme del abismo y, sin embargo... todo vuelve una y otra vez y deseo regresar a aquel pasado, al descubrimiento fulgurante de aquel amor, a la sensación de haberle encontrado un sentido a la vida, ese sentido que ahora se me escapa por todos los poros, como un sudor que se disipa en el aire.

Recuerdo lo adulto que me sentía entonces, a mis dieciocho años, cuando pensaba que podía empezar a manejar mi vida, a tomar decisiones para mi futuro, para el futuro que iba a ser exactamente como yo lo deseaba y que acabó convirtiéndose en otra cosa. No sabía que aún era inocente y que la decisión que tomé —la única posible, ¿qué otra cosa podía haber hecho?— fue la que me robó para siempre la inocencia y la posibilidad de ser feliz, de mirarme al espejo al afeitarme y no tener que apartar la vista.

En el coche alquilado, dando vueltas al azar por la ciudad, Da Silva se sentía bastante mejor, a pesar de que en las horas que llevaba en la calle no había captado nada que pudiera ponerlo sobre la pista de la muchacha. Era de esperar. Y, paradójicamente, considerando el enloquecido tráfico carioca, conducir le calmaba los nervios, le daba una sensación de propósito concreto, de estar haciendo algo definido en lugar de esperar en el vacío.

Eran las cinco y media de la tarde, pronto caería la noche y tendría que decidir si continuaba circulando, pasándose periódicamente por la calle de la chica, o si dejaba el coche aparcado en la zona de su hotel y se invitaba a sí mismo a una buena cena, a un *rodizio* con espectáculo quizá. Pero aún era pronto para tomar decisiones. Las calles estaban atestadas de gente que regresaba a casa después del trabajo, los autobuses le adelantaban a velocidad suicida envolviéndolo en un fuerte viento caliente y apestoso; en las paradas de autobús, auténticas muchedumbres de personas agotadas, blancas, morenas y negras, miraban con ojos vidriosos en la dirección por la que debía aparecer el vehículo que los devolvería a casa después de una larga travesía entre empujones, saltos y codazos.

Los cocoteros se balanceaban en la brisa recortando sus copas como siluetas de cartón contra el cielo que iba perdiendo el azul diurno; los cines y los restaurantes iban encendiendo sus anuncios luminosos. En la Praça Tiradentes las prostitutas y los travestidos mostraban ya sus maquillajes recién aplicados, sus ropas más enloquecidas, llamando a los turistas con movimientos de caderas y sonrisas llenas de dientes.

Se estaba bien en el coche, con las ventanillas bajadas para que entrara el aire, que empezaba a ser fresco, y la radio puesta en una emisora local que retransmitía música de samba.

Subió de nuevo hacia Santa Teresa a poca velocidad, tratando de distinguir el rostro de las muchachas jóvenes con las que se cruzaba, con la esperanza de que una de ellas fuera *Bonitinha*. Había perdido el entusiasmo por el juego previo al encargo. Lo único que quería era salir de allí, de modo que un disparo bastaría. Eso sí, de frente, para verle los ojos en el último momento, para darle tiempo a que supiera lo que estaba a punto de suceder. Era lo único que podía hacer por ella. Lo que le gustaría que alguien hiciera por él cuando le llegara el momento.

Aparcó a unos veinte metros de la casa y encendió un cigarrillo sin bajar del coche. La calle empezaba a cubrirse de sombras aunque el cielo era aún de color melocotón. El aire traía de vez en cuando una ráfaga de perfume de flores dulces, como un recuerdo de que aquella tierra fue, un par de siglos atrás, el paraíso.

Da Silva permitió a sus músculos relajarse poco a poco contra el asiento del coche mientras intentaba dejar la mente en blanco, vacía de pensamientos y deseos. El revólver reposaba en su regazo debajo de la ligera americana y su mano derecha acariciaba la culata con abandono, casi con ternura.

Estaba a punto de quedarse dormido cuando unas voces destempladas lo sobresaltaron haciéndolo enderezarse en el asiento y mirar hacia la casa.

–Por el amor de Dios, señor Soares, no se ponga usted cabezota. –Dom Ricardo miraba al viejo con auténtica alarma a pesar de que se había limitado a gritarle en vez de echar mano a la escopeta que estaba apoyada en la verja del jardín de *Finadinha*–. Lo único que quería saber era si ha visto usted a Silvana en los dos últimos días.

–Ni he visto a esa zorra ni la quiero ver nunca más por aquí. Ya se lo he dicho a usted igual que se lo dije ayer al gilipollas que trató de pasarse de listo y se metió en mi casa en mitad de la noche –dijo el viejo de malos modos.

–¿Cómo dice?

–El tipo decía que la zorrilla lo había citado aquí, pero yo no me chupo el dedo, ¿sabe, padre? Ninguna chavala metería en su casa a un desconocido con pinta de matón en lugar de irse con él a su hotel. Yo más bien me barrunto que lo mandaba ella, a robarme o a ver si conseguía echarnos. –Soltó una carcajada que pareció resonar por todo el barrio–. Pero fue él quien tuvo que largarse con el rabo entre las piernas.

El viejo Soares tenía el bigote sucio de algo que había comido y dom Ricardo no conseguía apartar la mirada de la pasta amarillenta que le colgaba del lado izquierdo, a pesar de que resultaba asqueroso. Se dio cuenta de que Soares había dejado de hablar y, por puro automatismo, empezó él de nuevo.

–No es posible, hombre, no sea malpensado. Sólo queríamos pasarnos por la casa a que la muchacha recogiera alguna cosa.

–La casa es mía. *Finadinha* era mi madrina y ahora que ha muerto (Dios la tenga en su Gloria) la casa es mía, padre, no hay más que hablar. Y estoy dispuesto a defenderla contra quien sea, ¿me entiende? –Alargó la mano hacia la escopeta pero, en lugar de cogerla, se limitó a pasarle los dedos cortos y gruesos, por el cañón, en una caricia que puso a dom Ricardo carne de gallina en los brazos.

–Mira, Soares, yo en eso no voy a meterme de momento, pero está claro que la muchacha tendrá sus cuatro cosas ahí dentro y, aunque no valgan gran cosa, son suyas, ¿no?

–¿Qué cosas? –La cara de Soares, fruncida en una mueca de sospecha, tomó el aspecto de un hocico de oso: ojos juntos y entornados, bigote frondoso manchado de comida, dientes amarillos.

Dom Ricardo hizo un gesto amplio con las manos, como cuando predicaba.

–Pues... no sé... ¿qué quieres que te diga yo de lo que tiene una muchacha? Ropa, supongo, alguna carta de su padre, alguna foto, algún recuerdo personal, su documento de identidad...

El viejo guardó silencio durante casi un minuto mientras dom Ricardo cambiaba su peso de uno a otro pie, preguntándose cómo podía haber sido tan memo de venir solo a hablar con Soares, sin un agente de policía por lo menos que le diera un poco de apoyo oficial.

–Que saque sus trapos si quiere. Pero de papeles, nada. Papeles ni uno solo.

—Hombre, sus papeles, su carnet de identidad... eso lo necesita para trabajar.

El viejo se rascó la cabeza y volvió al silencio, como si tuviera que rumiar la información antes de digerirla.

—Que los saque. Pero usted viene con ella. Tengo hijos jóvenes y no quiero líos, ¿estamos? Usted viene con ella a media mañana y sacan la ropa y... los esos de identidad. Nada más. Liliana y yo vigilamos —añadió, cogiendo la escopeta como al desgaire.

—Vendremos mañana, descuida.

—Pasado mañana —interrumpió Soares.

—Pero piensa que estás dejando a una muchacha sin techo —insistió el sacerdote.

—Yo nunca he tenido más techo que ese de ahí —dijo señalando al cielo nocturno, ahora ya cubierto de estrellas—. Ella es joven y guapa, padre. Saldrá adelante.

Viendo que no le quedaba más que hacer, dom Ricardo dio las buenas noches y, sin esperar respuesta, se encaminó a su coche, lo puso en marcha y enfiló hacia abajo, hacia la Copacabana. Tenía que encontrar a *Bonitinha* y explicarle lo más delicadamente posible la situación.

No se dio cuenta de que otro coche, blanco y moderno, lo seguía.

En la cafetería del Hotel Othon Palace, dom Ricardo miraba a *Bonitinha* una y otra vez sin poder creerse que se tratara de la misma persona que él recordaba del día anterior. No era sólo el vestido nuevo o la limpieza o la melena rizada y esponjosa que se extendía enmarcando su rostro como una aureola. Había algo nuevo en su mirada, en su forma de sonreír; una especie de elegancia, de seguridad que antes estaba ausente y ahora había surgido como por arte de magia convirtiéndola en una mujer de la que resultaba difícil apartar la vista.

—Así están las cosas, *Bonitinha* —dijo, al terminar de explicar lo sucedido con Soares—. Quizá si lo denunciamos a la policía se pueda hacer algo más, pero la verdad...

—¿Qué? —animó Jandro.

El sacerdote se pasó la mano por la frente, como si tratara de limpiarse los pensamientos que le pasaban por la cabeza.

—Nada, hijo. Que aunque consiguieran echarlos y volver a instalar a Silvana en su casa, ¿cuánto crees que tardarían en volver? ¿Y quién iba a defenderla? Y eso suponiendo que encuentre efectivamente el testamento y quede claro que tiene todos los derechos sobre la casa.

—O sea, que la policía aquí no sirve de nada —concluyó Jandro, de mal humor.

—No. No es eso. Sería lo mismo en cualquier lugar donde la gente es extremadamente pobre y vive amontonada. Tú imagínate que empiezan a molestarla, a hacerle la vida difícil, aunque no sea usando nada que pueda considerarse realmente criminal: tirar basuras al jardín, propagar rumores sobre ella, entrar en la casa a deshoras y asustarla... o cosas peores, claro. —Movió la cabeza con decisión—. No, no me parece buena idea volver a vivir allí echándolos a ellos, al menos de momento.

—En cualquier caso, padre —intervino Inés—, lo primero que hay que hacer es ir a la casa y sacar el testamento. De lo demás ya se ocupará Reinaldo, como le hemos contado. Y nuestro padre está a punto de llegar, seguramente mañana o pasado. Él tiene costumbre de resolver situaciones difíciles en el Brasil. Estoy segura de que se le ocurrirá algo.

De espaldas al grupo formado por el sacerdote, Silvana y los hermanos, con la vista fija en la cristalera que daba a la calle y reflejaba toda la sala, Da Silva miraba a Silvana con una sensación muy parecida a la que había experimentado dom Ricardo. Era un auténtico desperdicio liquidar a la muchacha, pensaba. Y sin embargo era posible que Guimarães tuviera razón. No hacía ni dos minutos que había captado claramente la palabra «policía» y eso era algo que no les convenía en absoluto. Entre otras cosas porque, si la policía hablaba con los Soares, era prácticamente seguro que acabaran diciendo que un tipo se les había metido en casa a medianoche, darían su descripción a la chica para ver si ella sabía algo y ella acabaría recordando que se conocían de cuando él le había presentado al matrimonio español.

Tenía que cumplir su encargo, pero la situación no era favorable. No era conveniente despachar a una jovencita que se aloja en un hotel de turistas y mucho menos delante de tantos testigos y con la puerta del hotel llena de guardias de seguridad. Tendría que esperar otro poco, pero ahora que sabía dónde encontrarla, ya no había problema. Podría incluso dedicarse al otro asunto, dejarlo liquidado y volver por la mañana para arreglar cuentas con la chica cuando estuviera de excursión con sus amigos. Acababa de captar algo de que querían hacer una excursión por la selva de Tijuca al día siguiente, y Tijuca, el gran parque natural a las afueras de Rio, con sus cientos de kilómetros cuadrados, sus veredas ocultas y sus pequeños lagos, era un lugar inmejorable para hacer prácticas de tiro y desaparecer discretamente entre el follaje.

—Bueno, muchachos, pues pasado mañana, a eso de las diez, os espero en la parroquia. Nos acercamos a la casa; tú —dijo dirigiéndose a Jandro— y yo le damos conversación al viejo, las chicas cogen un par de trapos y, lo más discretamente posible, el testamento y salimos de allí a toda marcha, ¿de acuerdo?

Da Silva vio desaparecer al hombre después de unos apretones de manos y siguió sentado donde estaba, con la esperanza de que quizá decidieran salir a dar una vuelta o a comer algo a un bar de los alrededores, lo que le daría una ocasión bastante aceptable de volarle la cabeza a la muchacha, aunque prescindiendo de los segundos de aviso que había pensado concederle. Pero no tuvo suerte porque, apenas unos minutos después, los jóvenes se levantaron y se dirigieron al ascensor, como si no pensaran volver a salir.

Decidió, de todas formas, esperar un rato frente a la entrada del hotel por si cambiaban de idea. Se acabó lo que quedaba de la *caipirinha*, se encendió un habano y salió lentamente hacia la playa perfilando el plan que se le había ocurrido para ajustar cuentas con aquellas ratas que se habían metido en la casa de la chica.

«Alea iacta est», la suerte está echada. Dentro de tres días me voy al Brasil. De momento, oficialmente, me voy cuatro semanas de vacaciones a ver a Inés y a descansar un poco, pero sería estúpido que en un cuaderno que escribo sólo para mí, me mintiera a mí mismo.

Voy a Brasil a ver si tengo lo que hace falta para renunciar a todo lo que he conseguido en Europa y quedarme con ellos. Voy porque quiero volver a ver a Silvana. Voy porque estoy harto de darme asco y de darme lástima, porque estoy harto de sentirme culpable de un modo tan minucioso y global que me siento aplastado cada momento de mi vida.

Le acabo de enviar un e-mail a Inés dándole la noticia y ya tiemblo al pensar que pueda contestarme que es mejor que no vaya, que no necesitan en la selva a un médico señorito acostumbrado a todos los lujos técnicos, que Silvana no quiere volver a verme. No sé qué haría si me contestara eso. Creo que iría de todos modos, porque algo dentro de mí necesita el perdón o la humillación definitivos, porque necesito saber dónde estoy para poder imaginar mi futuro.

Fue tanta la alegría al recibir tu mensaje que no fui capaz de contestarte enseguida, Jandro. Tampoco se lo conté a Silvana. Lo guardé para

mí como un secreto gozoso, imaginando tu llegada, tu sonrisa tímida de las situaciones incómodas, el primer encuentro con ella.

Entonces no me imaginaba que unos meses más tarde estaría leyendo tu diario, entablando contigo una conversación que ya se habría hecho imposible de otro modo. ¿Cómo imaginar que ocho meses después de que decidieras quedarte con nosotros estaría yo aquí, en la casa que compartías con Silvana, leyendo tus pensamientos, tus recuerdos, con el dolor de no saber si habéis muerto, si aún estaréis vivos en algún lugar de la selva donde nadie podrá encontraros? Hace semanas que os buscan. Cada vez que suena la radio, me lanzo como una loca a contestar por si fuera la información definitiva. Pero nunca hay nada. Por eso he comenzado a leer estas páginas, buscando tu voz.

Aún no se lo he dicho a mamá. Ella se va dos semanas de viaje con unas amigas y creo que lo mejor es acompañarla al autobús insinuando vagamente que cabe la posibilidad de que me tome unos días de vacaciones. Últimamente casi no escucha lo que le digo, de modo que no creo que sospeche. No me siento con fuerzas para enfrentarme a ella abiertamente. Me ha costado meses llegar a esta decisión y no quiero arriesgarme a que flaquee mi voluntad en el último momento.

Tengo la mochila hecha, me he puesto todas las vacunas, casi no pego ojo por las noches. El rostro de Silvana, su antiguo rostro, se me aparece cuando consigo dormir, pero no logro descifrar su expresión y despierto rígido de miedo, helado y sudoroso.

Quisiera que hubiera pasado ya un año. Quisiera encontrarme de golpe un año en el futuro y saber cómo han salido las cosas. ¿Qué estaré haciendo el próximo verano, el invierno de allá? ¿Seguiré en Brasil o habré vuelto a la clínica, a los domingos con mamá, a las largas guardias nocturnas? ¿Estaré con Silvana?

Después de que se hubo marchado dom Ricardo, Jandro, Inés y Silvana comieron en el balcón lo que habían comprado en una tienda al bajar del Pan de Azúcar y, cuando no quedó nada comestible, se terminaron los refrescos y empezaron a bostezar. La excursión había sido muy cómoda, ya que la única forma de acceder al Pan de Azúcar es el funicular, pero los tres estaban cansados y, como no podían ir a casa de Silvana al día siguiente, habían decidido hacer una excursión por la selva de Tijuca, y para eso tenían que levantarse temprano.

Las chicas se metieron en el baño a cambiarse para ir a dormir y Jandro se quedó en el balcón recogiendo los restos y ocultándolos en la bolsa de la tienda donde habían comprado la ropa de Silvana, para poder deshacerse de la basura al día siguiente sin que en el hotel se enteraran de que habían comido en la habitación.

Cuando las chicas dejaron el baño libre, Jandro entró a darse una ducha y se acostó sin encender las luces para no molestar.

A medianoche lo despertó el llanto de un bebé que venía de alguna habitación cercana, un llanto desesperado, angustioso, que daba grima al oírlo y se mezclaba con los jadeos y las palabras entrecortadas de Silvana que, por lo que parecía, estaba teniendo una pesadilla.

Se levantó a oscuras, se acercó a su cama y la sacudió un poco por los hombros para sacarla del mal sueño.

–¡João! –decía, aún dormida–. ¡João! Estoy aquí, ¿no me oyes?

–¡Shhh! Despierta, Silvana, no es más que una pesadilla. Despierta.

Ella se sentó en la cama, húmeda de sudor y aún temblorosa.

–Me había parecido oír a João. Alguien se lo llevaba y él me llamaba, pero yo no podía ir porque tenía los pies pegados al suelo –balbuceó Silvana. Se agarró de pronto a la camiseta de Jandro–: ¿Lo oyes? No es un sueño. ¡Es João!

Él la abrazó.

–No, Silvana, no es él. Pero lo encontraremos, ya verás.

Debían de haber hecho algo para calmar al bebé porque ya apenas se oían los sollozos por encima de una voz de mujer que tarareaba una canción.

–Mi pequeño –murmuraba Silvana, mientras las lágrimas iban empapando la pechera de su camisón–. ¿Dónde estará mi pequeño?

Jandro hizo lo único que se le ocurría, lo que de todos modos estaba deseando hacer: la besó.

Poco a poco fueron reclinándose en la cama, acariciándose y besándose entre palabras susurradas para no despertar a Inés.

Horas más tarde, aún estrechamente abrazados en la cama de Silvana, Jandro pronunció por primera vez en su vida unas palabras que nunca se hubiera creído capaz de decir: «Te quiero».

Ella se acurrucó contra su cuerpo y le contestó: «Eu amo te».

–Estaremos siempre juntos, Silvana. No te abandonaré nunca –dijo Jandro. Y en ese momento era cierto.

–¿Me lo juras?

–Te lo juro, Silvana. Siempre.

Sin deshacer el abrazo, a pesar de lo que pudiera pensar Inés al despertarse, se quedaron dormidos en la misma cama.

7

En el puente, de frente a la *Cascadinha*, Inés, Jandro y Silvana contemplaban la selva de Tijuca a su alrededor. El día era fresco y ligeramente húmedo pero Jandro y Silvana sentían un calor suave que no tenía nada que ver con el tiempo atmosférico y que aumentaba cada vez que se miraban o se apretaban la mano. Inés no había comentado nada; ni siquiera les había tomado el pelo por su nueva relación y eso era algo que su hermano agradecía profundamente, aunque sin palabras, como siempre. Al subir al autobús que los llevaba a la excursión de Tijuca, Inés había pasado delante y se había instalado sola para dejar que ellos se sentaran juntos, lo que le había valido un beso de Silvana y una sonrisa esplendorosa. Desde ese momento todo había sido normal, como si hubieran sido pareja de toda la vida.

Ahora el autobús había hecho la primera parada –media hora, señores, había anunciado el guía– y los turistas se habían dispersado por la zona para hacerse fotos con los árboles tropicales o con la cascada al fondo de la imagen.

–Pero qué cochina es la gente –comentó Inés–. ¿Cómo pueden dejar tantas cosas tiradas delante de esa cueva sin que nadie venga a limpiarlas? Miradlo, está todo lleno de basura.

–Eso no es basura, Inés –contestó Silvana, sonriendo–. Son ofrendas.

–¿Ofrendas?

–Sí, ofrendas para que se cumplan los deseos. La gente viene a la *Cascadinha* a pedir y a cambio dejan velas, flores, frutas, lo que tengan.

–Pero ¿a quién se lo piden?

–A Dios, claro. O a los otros dioses.

–¿Los dioses de la macumba y todo eso?

–Seguramente. Yo no sé mucho de eso. Nunca había venido aquí. Está demasiado lejos de mi casa.

Oculto entre la fronda, Da Silva, que acababa de aparcar su coche en la misma explanada que el autobús de turistas, estaba montando su rifle favorito. Era una ocasión única: los tres jóvenes en línea, uno al lado del otro, en perfecta inmovilidad contemplando la cascada. Si quisiera, podría abatirlos uno por uno como en una caseta de feria, pero sólo tenía que liquidar a la muchacha y desaparecer. Quitó el seguro, se llevó el rifle a la cara y apuntó cuidadosamente.

De pronto, Silvana ahogó un grito:

–¡Mirad!

Una mujer pequeña y bastante vieja había salido de la cueva acompañada por otras dos mujeres más jóvenes y rollizas.

–¡Es mamá Teresa!

–¿Quién? –preguntó Jandro.

–Mamá Teresa. Una mujer... sabia, una mujer que ve cosas que los demás no vemos. ¡Vamos! Tengo que hablar con ella, tengo que preguntarle por João.

Se soltó bruscamente de la mano de Jandro y echó a correr en dirección al trío de mujeres que ya se alejaban por la carretera de vuelta a Rio. Las alcanzó en un minuto y los hermanos echaron a andar más lentamente hacia ellas, muertos de curiosidad pero temiendo inmiscuirse.

Cuando las alcanzaron, Silvana debía de haber hecho ya su pregunta porque la anciana le había puesto las manos en la cabeza y tenía los ojos en blanco, vueltos hacia arriba, como en un supremo esfuerzo de concentración.

–Tu niño está muy cerca de ti, pequeña –decía la mujer en una extraña voz, como si cantara una canción–. Está arriba, justo encima de ti. Si extendieras la mano, lo tocarías.

Las otras dos mujeres cabeceaban, como si confirmaran las palabras de la anciana, mientras Silvana la miraba intensamente, tratando de refrenar las preguntas que se le salían a borbotones, para no cortar su concentración.

–Lo encontrarás, si Dios te da vida, mi niña. Está muy cerca. Pero tienes que darte prisa. Pronto volará por los cielos.

Da Silva había tenido que cambiar de lugar, en reacción al estúpido movimiento de la muchacha, y acababa de encontrar un tronco perfecto donde apoyar el rifle, pero la cabeza de la anciana tapaba casi por completo la de su víctima. No había más remedio que esperar a que se moviera o a que terminaran la conversación y los dos grupos se separaran. Masculló una maldición y escupió al suelo. La chavala estaba teniendo una suerte increíble y eso le preocupaba, porque él creía en el destino y estaba convencido de que, si alguien tenía suerte en más de dos ocasiones, no se podía hacer nada en contra suya. Ella se había librado ya dos veces: la noche en que tenía que haber estado en su casa y no estaba y la noche anterior en el hotel cuando, en vez de salir a cenar, decidió quedarse en la habitación y no volver a la calle, donde él hubiera podido liquidarla limpiamente. Si ahora, gracias a la vieja, se salvaba otra vez... pero mejor no pensarlo. No tendría tanta suerte.

–Tu pequeño está bien, pero tú estás en peligro. Tienes que cuidarte del hombre de blanco que te quiere mal.

Inés y Jandro cambiaron una mirada de preocupación. ¿Qué estaba diciendo aquella mujer? Aquello era pura palabrería sin sentido, como lo que decían las gitanas en las ferias para embaucar a los turistas.

La anciana enmudeció repentinamente, abrió los ojos –dilatados, amarillos– y de improviso sus piernas se aflojaron y cayó al suelo de rodillas delante de Silvana.

Da Silva tensó el dedo sobre el gatillo ahora que la cabeza de la muchacha quedaba a tiro.

Silvana se agachó inmediatamente a socorrer a la anciana, más rápida que las dos mujeres rollizas que la acompañaban y en ese momento sonó un disparo que se estrelló contra la roca, detrás de ellos.

El siguiente disparo, unos segundos después, hizo blanco en la cabeza de mamá Teresa, que quedó tendida en el suelo sobre un charco de sangre que se iba extendiendo a su alrededor. Las mujeres empezaron a chillar y pronto se había formado un corro de turistas, guías y chóferes a su alrededor mientras un coche blanco se ponía suavemente en marcha hacia el interior de la selva de Tijuca, como si su dueño no se hubiera enterado de que acababan de asesinar a una mujer y hubiera decidido continuar su excursión. Como si no fuera él el asesino.

Charo y Rafael estaban en su habitación del piso dieciséis del Othon Palace recogiendo sus cosas y haciendo la maleta con calma para no olvidar nada, mientras el bebé dormía. La tarde anterior habían comprado montones de cosas para el pequeño y tenían que asegurarse de que llevaban todo lo que podrían necesitar durante el vuelo a Buenos Aires y, sobre todo, durante las once horas de viaje desde Argentina hasta Madrid. Y la cosa no era fácil porque todo era demasiado nuevo para ellos y aún no estaban acostumbrados a saber lo que podían necesitar.

–¿Cuántos pañales crees que harán falta, Rafa? –preguntó Charo en voz baja para no despertar al niño.

–¿Yo cómo quieres que lo sepa? Coge todo el paquete, por si acaso. –Rafael estaba nervioso, en parte por el viaje que comenzaría a la mañana siguiente, muy temprano, y en parte porque aún no había digerido el miedo que había pasado en su encuentro con Da Silva. Y la idea de pasar la frontera con el pasaporte falso y un niño comprado lo hacía temblar por dentro, pero no podía compartir su miedo con Charo porque entonces tendría que bregar con su propia inquietud y con una mujer al borde de la histeria.

–Es que no me cabe todo. Tenemos que llevar en la cabina el cochecito, la bolsa con la ropa y los pañales, el termo del agua caliente, los biberones, la leche en polvo, los chupetes, los baberos, la crema... yo qué sé. Me estoy volviendo loca.

–Es lo que tiene viajar con niños.

Hubo un largo silencio punteado por los pasos de Charo yendo y viniendo, plegando ropa, metiendo cosas en la maleta.

–Me da horror cruzar la frontera –dijo por fin ella, muy bajito, sin volverse.

Él se acercó a la cama y la abrazó por detrás.

–Todo saldrá bien. No te preocupes.

–Es que son tres fronteras, Rafa. Salir de Brasil y entrar en Argentina. Salir de allí y entrar en España. ¿Y si la madre se ha arrepentido y lo ha denunciado como secuestro a la policía?

–La madre eres tú, Charo. No lo pienses más. Ellos han

cobrado. Para ellos un bebé no tiene la misma importancia que para nosotros; ellos tienen muchos.

–Si yo tuviera diez le daría la misma importancia a todos –se obstinó ella.

Rafa empezó a perder la paciencia.

–Sí, ya, pero no es lo mismo.

–¿Por qué?

–¡Maldita sea, Charo! –empezó a gritar–. ¡Me sacas de quicio con tanta tontería! ¡Lo sabes perfectamente!

–¡Rafa, calla! ¡El niño!

João apretó los puñitos, boqueó moviendo la cabeza de lado a lado en la almohada y, de repente, empezó a llorar.

–¿Ves lo que has conseguido? ¿Lo ves?

Soltando la pila de ropa que tenía entre los brazos, Charo se abalanzó sobre el bebé y empezó a acunarlo con una mirada de reproche a su marido que, sin poder soportar la situación, cogió la cartera, se la metió en el bolsillo y salió del cuarto.

Los chicos se cruzaron con él en el vestíbulo, se dedicaron una corta inclinación de cabeza y lo vieron salir a la calle respirando fuerte, como tratando de dominar un ataque de ira.

–Parece que no le está sentando demasiado bien la estancia en Rio –comentó Inés.

–Os invito a una Coca-Cola –sugirió Jandro, que nunca se interesaba mucho por los desconocidos–. Nosotros sí que tendríamos motivos para cabrearnos con todo lo que nos está pasando –añadió al ver que las chicas esperaban algún comentario por su parte.

Se sentaron en el salón contiguo al bar del vestíbulo y Jandro se acercó a la barra a pedir las bebidas. Silvana no había dicho una palabra desde el último interrogatorio de la policía, hacía una hora.

–¡Ánimo, *Bonitinha*! –le dijo Inés, pasándole un brazo por los hombros.

Ella dejó caer la cabeza y se cubrió la cara con las manos.

–Estoy desesperada, Inés. Mamá Teresa... No entiendo lo que me ha dicho. Y no puedo preguntarle ya... ¡Dios mío! ¡La han matado, Inés! Delante mismo de nosotros. ¿Tú crees que ha sido por mi culpa?

–¿Por tu culpa? ¿Qué culpa puedes tener tú de que un loco haya matado a la pobre señora?

Silvana sacudió la cabeza.

–Es... –dijo al cabo de unos segundos, ya entre sollozos– es como si todo estuviera hecho a posta para que no encuentre a João.

Jandro volvió con las bebidas, se sentó al lado de Silvana en el sofá y, con una mirada a su hermana, la sustituyó en el abrazo.

–He llamado a Reinaldo para contarle lo que ha pasado y para ver si tenía alguna noticia. La policía de fronteras ya está avisada; si tratan de sacar a João del país, lo sabremos. Me ha dicho que lo esperemos en el hotel, que viene a cenar con nosotros después de recoger a papá.

–¿Llega hoy? –preguntó Inés, con los ojos brillantes.

–Dentro de una hora o así. Reinaldo va al aeropuerto a buscarlo.

–¡Ahora sí que se va a arreglar todo! –dijo Inés, con una sonrisa que le iluminaba toda la cara.

Silvana la miró unos segundos y desvió la vista. No podía compartir el entusiasmo de su amiga porque, en su experiencia, la presencia de un padre solía traer más problemas de los que podía solucionar. Los padres eran peligrosos, pero no quiso decirlo porque de algún modo estaba segura de que sus amigos no lo veían así y no quería ponerse a mal con el desconocido que le estaba pagando la estancia en el hotel.

—Bueno —continuó Inés, radiante—, nos terminamos las bebidas y nos vamos al cuarto a ducharnos y a ponernos presentables para cuando llegue papá. Luego se lo explicamos todo y entonces...

—Sí —dijo Silvana, sin poderse contener—, entonces, ¿qué?

Los dos hermanos se miraron, sorprendidos por la furia de Silvana.

—Entonces lo dejamos todo en sus manos y en las de Reinaldo —continuó Inés con dulzura.

—Sí, claro, para vosotros es muy fácil confiar. Siempre os lo han solucionado todo en la vida. Pero yo no tengo a nadie, yo estoy sola en el mundo y, si Dios no me ayuda, no volveré a ver a João. —Su voz se quebró en un sollozo.

Jandro la apretó más hasta que ella reclinó su cabeza en el hombro del muchacho.

—No estás sola, Silvana. Nos tienes a nosotros —dijo suavemente, junto a su oído—. Me tienes a mí, ¿recuerdas? Siempre me tendrás. Siempre —añadió bajando aún más la voz.

Ella alzó la mirada y, a través de las lágrimas, le sonrió.

Zé Da Silva estaba listo para marcharse. Había recogido todo lo que había acumulado en su habitación en los últimos meses, que no era mucho porque tenía costumbre de viajar ligero, y se había asegurado de que no quedara nada, ni siquiera en la papelera, que pudiera dar una pista sobre su próximo destino. Ahora que sabía que los hombres de Guimarães lo controlaban, no quería darles ninguna posibilidad.

Su vuelo a Buenos Aires salía al día siguiente, a las ocho y media de la mañana; de ahí, con apenas media hora para cambiar de avión, seguiría a Ciudad de México y de ahí a Nueva York. Después aún no tenía nada pensado, pero Nueva

York era una ciudad ideal para desaparecer por un tiempo, con la ventaja de que la gente de Guimarães, pobres paletos brasileños, no podrían localizarlo una vez se hubiera enfriado su pista. Y las pistas se enfriaban rápido en cuanto uno pasaba por un par de ciudades realmente grandes como las que había elegido, después de rechazar la idea de volver por un par de semanas a Medellín, donde aún tenía contactos.

A dom Felipe no le iba a hacer ninguna gracia que hubiera dejado el asunto de la chavala sin acabar, pero eso era algo que no podía explicarle: se había salvado tres veces y eso significaba que era una persona de suerte, que estaba hecha para la vida. Los gatos caen siempre de pie y aquella muchacha era una gata. No había más que decir. Al que fuerza el destino, el destino lo alcanza.

Pero lo de los Soares tenía arreglo y a eso pensaba dedicar su última noche en Rio. Pronto habría fuegos artificiales en el barrio de Santa Teresa; luego iría a cenar a un *rodizio* con espectáculo, llevándose su bolsa consigo, abandonaría la maleta casi vacía en el hotel, donde no pensaba pasar una noche más, aunque había pagado las tres siguientes por si a la gente de Guimarães se le ocurría preguntar, iría en taxi al aeropuerto, ya que para el coche blanco tenía otros planes, y esperaría allí las últimas dos o tres horas hasta la salida del avión. Mientras tanto tendría que andar con ojo y esforzarse por que sus movimientos convencieran a sus perseguidores de que continuaba a la caza de la chica.

—¿Lo oyes? ¿Lo oyes, Jandro, lo oyes? —Silvana, ya duchada y vestida, había salido al balcón y se esforzaba por localizar la procedencia del llanto del bebé, que sonaba con mucha más claridad en el exterior que dentro del cuarto.

Jandro asintió, poniéndole las manos en los hombros.

—Claro que lo oigo, Silvana. El mundo está lleno de niños.

—Ése es João. Me juego la vida.

—Silvana, cielo, por favor..., comprendo que estés obsesionada, pero no puedes ponerte así cada vez que oyes el llanto de un niño. No sirve de nada, ¿no lo entiendes? Ese niño que llora no es tu hermano; deben de ser unos turistas americanos que son los únicos que viajan con hijos tan pequeños.

A Silvana se le cambió la expresión. Al oír la palabra «turistas» acababa de aparecer en su mente un recuerdo de apenas unas noches atrás: la noche en que ella había quedado con sus nuevos amigos españoles a la puerta del Othon y vio llegar al matrimonio mayor con esa expresión furtiva, la mujer apretando contra su pecho a un bebé envuelto en una manta azul, su cara de felicidad incrédula mientras levantaba un pico de la manta para mirarlo como si fuera la primera vez.

—¡Está aquí, Jandro! ¡Lo tienen aquí y sé quién lo tiene!

—¿Qué dices?

—¿Te acuerdas de las palabras de mamá Teresa? Me dijo que estaba encima de mí, muy cerca de mí, que podría tocarlo si estiraba la mano, ¿te acuerdas? —Silvana estaba roja de emoción y los ojos le brillaban como si tuviera fiebre—. Ahora lo entiendo.

—Eso no son más que tonterías para consolarte. Lo que ha dicho mamá Teresa —añadió al ver su expresión ofendida.

Ella sacudió la cabeza, impaciente, sin dejar de prestar atención al llanto del niño, que había bajado de tono.

—Y me dijo también que me cuidara del hombre de blanco. ¿No te acuerdas de él? El que se acercó a nosotros en la terraza de la *Chácara* diciendo que los turistas querían darnos algo. Él fue quien robó al niño para dárselo a ellos. ¡Vamos!

—¿Adónde?

—Arriba. A por João.

Jandro se quedó clavado en el balcón mientras ella cruzaba el cuarto y casi se tropezaba con Inés que salía del baño en ese momento.

—¿No vienes? —gritó, impaciente, desde la puerta.

—¿Adónde? —preguntó Inés, perpleja.

—A buscar a João. Está arriba, estoy segura.

—Voy contigo —dijo Inés, poniéndose a toda prisa los zapatos—. Tú espéranos aquí y si llegan papá y Reinaldo y aún no hemos vuelto, subid también.

Desdeñando el ascensor, subieron a toda carrera por las escaleras. En el pasillo de arriba no se oía el llanto, quizá hubieran conseguido calmarlo o se habían equivocado de piso y João estaba en el catorce y no en el dieciséis. Pero mamá Teresa había dicho que estaba arriba, que estaba encima de ella. Tenía que ser verdad.

Se separaron para escuchar en todas las puertas, como sirvientas en una obra de teatro. No se oía nada en ningún cuarto, como si el hotel estuviera desierto. Silvana se retorcía las manos de desesperación. Tenía que ser verdad, tenía que estar ahí, muy cerca, pero ¿dónde?

De pronto, desde una de las habitaciones que ya había pasado, volvió a oírse el llanto del bebé: era la que quedaba justo encima del cuarto de ellos.

De un brinco, Silvana se plantó a la puerta y llamó con los nudillos, fuerte, con dureza, una y otra vez. Inés tuvo tiempo de reunirse con ella antes de que el hombre al que habían saludado en el vestíbulo abriese. El llanto del pequeño aumentó de intensidad al abrirse la puerta.

—¿Qué queréis? —preguntó sin expresión.

—Ustedes tienen a João —dijo Silvana, forcejeando para empujar al hombre y entrar en la habitación.

La mujer que ya conocían de la *Chácara do Céu* se asomó brevemente apretando a un niño contra su pecho.

—¡Mira, Inés! ¿Ves cómo yo tenía razón? Ahí está mi niño. ¡João! ¡João! —empezó a gritar Silvana, a la que el hombre retenía por las muñecas—. ¡Devuélvanme a mi niño!

Gritaba en portugués, pero estaba bien claro lo que quería.

—Ese niño es nuestro —dijo el hombre—. Voy a llamar al servicio de seguridad.

—Déjalas pasar, Rafa. —Se oyó la voz cansada de la mujer, desde dentro, por encima del llanto desesperado del niño.

Entraron todos, dejando la puerta abierta. Ella estaba sentada en un silloncito, de espaldas al balcón con su esplendorosa vista de la Copacaban iluminada y la silueta del Pan de Azúcar recortándose tras ella. Parecía una Virgen dolorosa.

Silvana se lanzó a sus pies, y antes de que la mujer hubiera podido impedirlo, le arrebató a João y enterró la cabeza en el cuerpecillo caliente, que olía a colonia de bebé y al perfume inconfundible de João.

—¡*Filinho*! ¡*Filinho*! ¡Mi pequeño! Por fin te encuentro. ¿Cómo estás, corazón, qué te han hecho?

Ahora que el niño había dejado de llorar y le sonreía a *Bonitinha* agarrándole con las dos manos mechones del pelo ensortijado, era ella la que lloraba.

Rafael y Charo miraban a las muchachas sin poder articular palabra. Había sucedido lo que más temían, lo peor de todo.

—Nosotros —dijo Rafael, obedeciendo a la mirada de su mujer—, nosotros lo hemos hecho todo legal. Hemos pagado por él. Hemos pagado mucho dinero. ¿No están conformes con el precio?

—¿Qué precio? —preguntó Inés en español—. Silvana no ha vendido a su hermano, ni ha cobrado nada. Unos gángsters mataron a su abuela y se llevaron al niño en plena noche.

Las bocas del matrimonio se abrieron de par en par.

—Nosotros habíamos pagado veinte mil euros a la familia —dijo el hombre muy despacio.

Silvana se echó a reír descontroladamente.

—Una fortuna. ¿Oyes, João? Vales una fortuna. Pero yo no te cambiaría ni por todo el oro del mundo.

—Pero —insistió el hombre—, este niño no puede esperar nada de la vida si te quedas con él, ¿no lo entiendes? Con nosotros tendrá de todo: buena comida, buena educación, lo mejor que haya en el mundo...

Inés se lo tradujo a su amiga.

—Conmigo tendrá amor —dijo Silvana, apretándolo tanto contra sí que João empezó a retorcerse para librarse de la presión.

—Con nosotros también —dijo entonces Charo, hablando por primera vez—. Sólo lo tenemos unos días, pero ya lo queremos como si fuera nuestro.

Esta vez no fue necesaria la traducción. Silvana miró a Charo con lástima y sacudió la cabeza.

—Pero no es suyo —dijo.

De pronto se escuchó un carraspeo desde la puerta de la habitación. Jandro, Reinaldo y Juanjo contemplaban la escena, aunque nadie se había dado cuenta de su llegada. Inés se lanzó en picado a abrazar a su padre y Silvana, haciendo una inclinación de cabeza en dirección a Reinaldo, miró a Jandro, le sonrió y apretó más al niño.

—Lo he encontrado —dijo, feliz.

—Señores —tomó la palabra Reinaldo—, vamos a ver cómo podemos arreglar esta desagradable situación.

Da Silva acababa de aparcar el coche delante de la casa de la muchacha y había conseguido alejarse unos cientos de metros sin ser reconocido por ninguno de los Soares, todo según el plan que había trazado. Ahora se trataba de elegir un buen lugar de observación lo bastante cercano como para no perderse lo que iba a suceder, pero lo bastante lejos como para poder largarse discretamente en cuanto hubiese sucedido. Caminaba a buen paso hacia arriba, con las manos metidas en los bolsillos del liviano chubasquero azul; la derecha reposaba, ligera, sobre el revólver y la izquierda jugueteaba, casi acariciándola, con la cajita de plástico del control remoto. Sus ojos zigzagueaban entre las fachadas de las casas y los rostros de las personas con las que se iba cruzando. Todo estaba tranquilo. No había nada que temer. Acababa de caer la noche y, lentamente, se iban encendiendo luces de poca intensidad en las casas, en los humildes comercios y las pobres tabernas del barrio. Sabía que era su última noche en Rio, pero no le importaba; hacía ya tiempo que debería haber salido de allí. Zé Da Silva picaba más alto.

Pasó frente a un restaurante pequeño, iluminado por una luz cálida, anaranjada: el Sobrenatural, y el menú anunciado en la puerta le dio una punzada de nostalgia inexplicable. Anunciaba como plato del día *moqueca de namorado*, su pescado favorito, algo que sólo en Rio sabían cocinar a su gusto, pero no era el momento adecuado para sentarse a cenar. Tendría que prescindir de ese placer a cambio de otros placeres más seguros una vez hubiera llegado a Nueva York, de modo que, con un encogimiento de hombros interno, siguió caminando hacia arriba, buscando la curva de la calle que lo llevaría a un emplazamiento adecuado, inmediatamente encima de la casa de la chica.

La noche estaba tranquila; había gente en la calle volviendo a sus casas, unas parejas de turistas, probablemente alemanes o estadounidenses, a la puerta del Sobrenatural, un grupo de gente esperando el tranvía en la pequeña plaza a sus pies. Más abajo, en la calle donde estaba aparcado el coche, unos adolescentes fumaban sentados en el bordillo de la acera mientras otros pateaban una lata de refresco aplastada que les servía de balón.

Miró su reloj, se encendió un cigarrillo, y decidió concederse los siete u ocho minutos que tardaría en fumárselo para guardar ese recuerdo de su última noche. En cuanto amaneciera, empezaría una nueva etapa de su vida.

Nada más apagar la colilla, hundió de nuevo la mano en el bolsillo del chubasquero, miró fijamente la casa donde había sido humillado y, al apretar el botón de la cajita de plástico dijo, suavemente, sonriendo para sí mismo: «¡Bum!».

El coche blanco explotó como un cohete y con él la casa, la acera y todos los cristales de las casas adyacentes. Su honor estaba vengado.

Antes de que el humo se hubiera desvanecido, Da Silva echó a andar hacia arriba, buscando la calle que lo volvería a llevar cuesta abajo hasta la zona elegante de la ciudad, tropezando con decenas de personas que, llevadas de un impulso irracional, corrían hacia el lugar de la explosión para enterarse de lo que había sucedido.

Terminadas las presentaciones, Reinaldo pidió a todo el mundo que se sentara, pero como no había suficientes sillas para todos, los jóvenes se acomodaron en la cama, el matrimonio en los dos silloncitos de la habitación y Juanjo, el padre de Inés y Jandro, se limitó a sentarse en el suelo, mientras Reinaldo se apoyaba en el tocador.

–La situación es, evidentemente, muy desagradable para todos –dijo en español y, dirigiéndose a los chicos, añadió–: haced el favor de traducir para Silvana, si no entiende algo. Ustedes han pagado por ese niño, de acuerdo, pero se trata de un negocio ilegal, como no ignoran. Me gustaría que, antes de marcharse de Brasil, me dieran toda la información que posean sobre los desaprensivos que los han metido en este asunto. Esa gente tiene que ser castigada.

–Es que nos vamos mañana mismo –dijo Rafael–. De hecho, dentro de menos de doce horas.

–Habrá tiempo, señor Martínez, no se preocupe.

–Y además, no queremos meternos en líos –intervino su mujer.

–Para eso ya es tarde, señora. Pero, ahora, lo importante es decidir qué vamos a hacer con lo de João.

Rafael y Charo bajaron la vista, Silvana miró a Reinaldo como si se hubiera vuelto loco.

–No hay nada que decidir. João se queda conmigo –dijo, tajante.

El abogado se encaró a Silvana.

–Sí hay cosas que decidir. Escúchame antes de hablar. Estas personas tienen un nivel de vida que ofrecer al pequeño. Llevan años soñando con tener un hijo y han demostrado que están dispuestos a darle cariño y la mejor vida que puede desear cualquiera. Aquí, contigo, tú lo sabes, no tendrá futuro. Ahora que ha muerto *Finadinha* no tienes quien te ayude a cuidarlo mientras tú trabajas, no tienes ni siquiera un techo que darle. Lo único que tienes es tu amor, pero eso no es bastante, Silvana. –Reinaldo atajó la respuesta de la muchacha–. Sé que eres valiente y estás dispuesta a todo, pero tienes que pensar en qué es mejor para él, no para ti.

–Reinaldo tiene razón –dijo Jandro con dulzura, apretando el hombro de Silvana–. Hay que pensar en João. Y la solución de Reinaldo es buena, ¿no te parece?

–Yo tengo una mejor –dijo Silvana, desafiante.

–A ver, cuéntanos. –Reinaldo trataba de ser imparcial y quería darle una oportunidad de explicarse, pero no conseguía creer que hubiera otra salida.

–A mí me parece muy fácil –empezó Silvana mirando a Jandro, que seguía con un brazo pasado en torno a sus hombros, y al padre de éste, Juanjo, con el que todavía no había cambiado una palabra. João se había dormido de nuevo–. Jandro y yo nos queremos. Él me ha dicho que puedo contar con él siempre, para lo que sea. Vosotros sois ricos –continuó dirigiéndose a Inés, Juanjo y Jandro, mirándolos uno tras otro–, o por lo menos, ricos en comparación conmigo. Podríamos casarnos y quedarnos aquí o João y yo podríamos irnos a vivir a España, con vosotros. Jandro ya ha terminado de estudiar. Nos buscaríamos un trabajo y estoy segura de que Inés me ayudaría a cuidar de João, ¿verdad?

Inés asintió con la cabeza, a pesar de que sabía que ése no era realmente el problema.

Jandro estaba perplejo y no se sentía capaz de contestar a la muda pregunta en los ojos de su padre que, desde el suelo, lo miraba como pidiendo unas explicaciones que él no podía dar.

–¿No es una buena solución? –insistió Silvana.

Juanjo se puso en pie y empezó a caminar arriba y abajo en los pocos metros cuadrados que quedaban libres, con las manos fuertemente enlazadas a la espalda.

–Jandro acaba de terminar el instituto –dijo en portugués al cabo de unos segundos de silencio–. Sé que aquí, en Brasil, eso podría bastar para buscar un trabajo y tener un sueldo, bajo, pero un sueldo. Lo que pasa, Silvana, es que en España, eso no es bastante. Ahora Jandro tiene que estudiar una carrera, siempre ha querido estudiar medicina y eso significa que, hasta que llegue a ser médico, necesita un mínimo de seis años de estudios. No puede aceptar en este momento una responsabilidad tan grande. Aunque no lo queráis admitir, Jandro es todavía un muchacho, un adolescente..., no puede hacerse cargo de una esposa, de una familia, ¿comprendes?

Silvana se volvió hacia Jandro, furiosa.

—¿Se puede saber por qué dejas que tu padre hable por ti? ¿Tú no tienes nada que decir?

Hubo un silencio tenso. Jandro evitaba tener que mirar a cualquiera de las personas de la habitación, fijando su mirada en la colcha de rayas.

—Yo... mi padre ha empezado a hablar y no quería interrumpirlo..., además es verdad todo lo que está diciendo... Yo aún no he entrado en la universidad..., no puedo ganar dinero todavía..., aún vivo..., esto, vivimos Inés y yo, con mi madre. Tú no la conoces, Silvana, ella nunca estaría de acuerdo.

—Tú me prometiste ayer, me has prometido hoy mismo, hace unas horas, que siempre estarías conmigo, Jandro, que me ayudarías, que nunca me dejarías sola. —Silvana tenía los ojos llenos de lágrimas, pero no lloraba aún y su voz sonaba dolida pero firme.

—Son cosas que se dicen cuando uno acaba de enamorarse, Silvana —intervino Juanjo—. Y en el momento de decirlas son verdad. Pero a veces, las circunstancias...

—¿Es cierto eso, Jandro? —preguntó Silvana sin mirar a Juanjo, sin desviar la vista de Jandro, que había dejado de abrazarla y parecía estar a punto de desaparecer, tragado por la tierra—. Lo que tú me has dicho, ¿son sólo cosas que se dicen sin pensar?

Él sacudió la cabeza, angustiado.

—No, Silvana, te lo juro. Todo lo que te he dicho es verdad. Pero ahora... no sé qué podemos hacer. ¿Y si le dejas a João a estos señores y tú te vienes con nosotros a España? ¿No, papá? ¿No podríamos llevárnosla con nosotros?

Juanjo se llevó las manos a la cabeza, desesperado.

—¿A casa de tu madre? ¿Una muchacha brasileña, que no habla español, que nunca ha ido a la escuela? ¿A casa de tu madre, que odia todo lo que tenga que ver con Brasil, una desconocida? Tú estás loco, Jandro —dijo en su lengua, para que Silvana entendiera lo menos posible.

El matrimonio miraba a unos y a otros como en un partido de tenis, sin pronunciar palabra. Reinaldo volvió a carraspear.

–Vamos a ver, amigos. Parece que tenemos dos problemas: uno es qué pasa con João. Otro es qué pasa con Silvana. Hay que procurar que los dos estén lo mejor posible.

–Entonces tenemos que estar juntos –intervino ella, obstinada.

–Piensa en lo que querría tu madre, Silvana –dijo Reinaldo, tratando de dar a su voz un tono de autoridad adulta sin llegar a ofenderla.

–¿Qué narices tiene que ver mi madre en esto? –preguntó, de nuevo furiosa.

–Al fin y al cabo –dijo Jandro, poniéndole en el hombro una mano que ella se sacudió como si quemara–, João es tu hermano. Quiero decir, que es tu responsabilidad, pero de hecho son tus padres los que tienen que decidir.

Ella se echó a reír. Una risa histérica mezclada con llanto que hizo que João se despertara y empezara a llorar también, sacudido entre los brazos de la muchacha.

–Mi padre es *garimpeiro* en el Amazonas y hace más de cinco años que no lo he visto. Ni siquiera sé si está vivo. Y mi madre murió hace cuatro, dejándome sola hasta que encontré a *Finadinha* y me recogió en su casa. En la casa donde ahora están los Soares.

Todos se quedaron mudos de golpe hasta que Jandro, con los ojos desorbitados, preguntó con un hilo de voz:

–Entonces, ¿de quién es João?

–Mío –contestó Silvana, mirándolo desafiante–. João es hijo mío, ¿no lo habías adivinado?

Él negó con la cabeza, intentando tragar la saliva que se le había acumulado en la boca y que de repente parecía haberse convertido en una bola seca y dura que le destrozaba la garganta.

—¿Y el padre? —preguntó por fin en voz ronca.

—No hay padre. João es sólo hijo mío y se quedará conmigo aunque nadie me ayude, aunque tenga que tirarme al mar cuando no pueda más. João es todo lo que tengo. —Se levantó de la cama, pasó entre los dos sillones y salió al balcón, a calmar al niño, que debía de notar la tensión en el ambiente porque no dejaba de llorar y estaba empezando a ponerlos histéricos a todos.

Charo se levantó y salió al balcón con un biberón que aún estaba tibio.

—Dale esto —dijo—. Ha costado mucho, pero parece que empieza a acostumbrarse.

Silvana se volvió hacia la luz de la habitación, de frente a ella. João estaba mamando, feliz, con los ojos cerrados.

—Creía que perdería la leche, pero aún no se me ha ido del todo.

Jandro saltó de la cama y se lanzó al baño para ocultar sus náuseas. Juanjo fue tras él, dejando a Inés, Reinaldo y Rafael mirándose sin saber qué decir. Las luces de la Copacabana seguían brillando a sus pies, indiferentes.

En ese momento llamaron a la puerta y a Inés se le escapó un grito, que ahogó inmediatamente, y se levantó para abrir.

—¡Dom Ricardo! —La oyeron decir—. ¡Pase, pase! ¿Cómo nos ha encontrado?

—Había una nota pegada en la puerta de vuestro cuarto —dijo el sacerdote con voz de traer malas noticias.

—¿Qué ha pasado? —preguntó Inés, sabiendo que no podía ser nada bueno.

Dom Ricardo entró en el cuarto, hizo una leve inclinación de cabeza a los dos hombres y buscó con la vista hasta dar con Silvana.

—¡Hija! ¡Qué alegría! ¿Lo has encontrado?

Ella asintió con la cabeza, sonriendo entre lágrimas.

—¿Qué ha pasado, padre? —insistió Inés.

—La casa de los Soares... Empezó con voz ronca—, es decir, la casa de *Bonitinha*...

—¿Qué?

—Ha volado por los aires. Una bomba. Nadie sabe cómo ni por qué. Ellos estaban dentro. Toda la familia. No ha habido heridos.

—¿Se han salvado? —preguntó Inés.

El sacerdote sacudió lentamente la cabeza en una negativa.

—Todos muertos. Incluso los niños. La policía acababa de llegar cuando yo venía para acá.

—Entonces... —intervino Reinaldo, después de un silencio que nadie sabía cómo llenar—, ¿el testamento se ha perdido?

Dom Ricardo encogió los hombros alzando las palmas de las manos abiertas.

—¡Dios mío! —susurró Reinaldo, para sí mismo—. Ahora sí que no hay nada que hacer.

—¿Qué más da el testamento? —dijo Silvana—. ¿Qué más da nada, si ya no queda casa?

Reinaldo estuvo a punto de decirle que el terreno tenía un valor, que si hubiera un testamento podría vender la parcela a cualquiera de los muchos artistas extranjeros dispuestos a construirse una casa en la mejor zona de Santa Teresa, pero así...

Juanjo y Jandro, que acababan de salir del baño, lo habían oído todo sin intervenir.

—Tenemos que hacer algo, papá —suplicó Jandro, pálido como un cadáver.

—Nadie tiene que hacer nada —dijo Silvana que, de un momento a otro, parecía mayor, firme y segura—. Hace una semana yo no os conocía. A nadie. He sobrevivido dieciocho años en esta ciudad y voy a seguir sobreviviendo hasta que Dios quiera. Yo le pedí a Él que me devolviera a João y le prometí no volver a pedirle nada más en mi vida. Él ha cumplido y le doy las gracias. ¿Podría pasar esta noche en la parroquia, padre? Le juro que mañana me buscaré otra cosa. Es sólo por esta noche.

–¿Y el niño? –se atrevió a preguntar Charo, a pesar de la mirada que le lanzó su marido.

–Se viene conmigo. –El tono de Silvana era terminante.

–Entonces llévate también todas estas cosas –dijo Charo, empezando a recoger la bolsa del bebé, el cochecito y todo lo que habían pensado usar en el viaje–. A nosotros ya no nos sirven de nada y a ti te harán falta.

Rafael estaba perplejo al ver la reacción de su mujer. Perplejo y orgulloso de ella, más orgulloso de lo que lo había estado en veinte años de matrimonio.

Silvana le puso a Charo la mano en el brazo.

–Lo siento, señora. Lo siento mucho por ustedes. Muchas gracias.

De repente dom Ricardo pareció comprender.

–¿Eran ustedes los que habían comprado el niño?

Rafael asintió, avergonzado.

–¿Y por qué no vinieron a mí? Cualquier párroco de barrio sabe de docenas de madres que están deseando dar a sus hijos en adopción a una buena familia con medios económicos.

–¿De verdad? –preguntó Charo mordiéndose los labios–. ¿Usted... usted podría hacer algo por nosotros, padre?

–Estoy seguro, señora, pero no de hoy a mañana, claro, eso no.

–¿Cuándo? –insistió ella.

–Unas semanas tal vez.

A Charo se le iluminaron los ojos.

–¿Cuánto costaría? –preguntó Rafael, cansado.

–Eso lo hablaremos en otro momento, si les parece.

—Es que nos vamos mañana.

—No, Rafa. No nos vamos —dijo Charo, firme—. Tú, si quieres, te vuelves a España por el trabajo, pero yo me quedo aquí hasta que pueda volver con nuestro hijo.

Dom Ricardo sacó una tarjeta y se la tendió.

—Vengan mañana por la tarde a verme y hablaremos. O si lo prefieren, vengan después del funeral, después de las diez ¿Nos vamos, *Bonitinha?*

—Sí, padre —contestó Silvana, mientras caminaba hasta la puerta sin despedirse de nadie.

—Espera Silvana —intervino entonces Juanjo—. Tengo algo que proponerte.

Escribo ya en el Brasil. Hace sólo tres días que llegué y ya sé que he encontrado lo que buscaba, que nunca más volveré a marcharme, que los días de mirarme al espejo y sentir náuseas de mí mismo han terminado por fin. He empezado a trabajar porque no es posible estar de vacaciones en un lugar donde un médico es un milagro, pero no me pesa el trabajo porque sé que he encontrado mi lugar en el mundo. Inés me ha recibido con un amor y una alegría que me han hecho saltar las lágrimas, a pesar de que venía dispuesto a no dejarme conmover para conservar la cabeza fría antes de tomar una decisión.

De camino a la Misión, en el jeep, nos contamos todo lo que nos había sucedido en los tres últimos años, evitando cuidadosamente, como si fuera un campo minado, toda referencia a Silvana, a su marido muerto o a mis posibilidades de establecer de nuevo una relación con ella.

¿Qué podía yo saber de eso, querido Jandro? Hacía años que Silvana no hablaba de ti, que ni siquiera me preguntaba por ti cuando le decía que había recibido noticias tuyas. Ella parecía feliz con Leonardo y yo no quería haceros daño a ninguno de los dos. Pensé *que sería mejor dejar que las cosas siguieran su curso y la verdad es que no me arrepiento de haberlo hecho así. Al fin y al cabo, todo salió bien hasta el momento en que os marchasteis de aquí para ir a la Misión de la selva, donde tanto necesitaban de un médico y una enfermera. Después...*

¡Dios mío, Jandro! ¿Qué habrá sido de vosotros? ¿Dónde estáis?

Recuerdo ahora la llegada al campamento, que a vosotras os parecía una avanzadilla de la civilización y a mí me pareció de un primitivismo espantoso; pero mis recuerdos no van más allá porque lo único que aparece en mi mente es el instante en que, después de más de diez años, vi a Silvana de nuevo.

En el coche, volviendo hacia la parroquia, dom Ricardo no sabía cómo preguntarle a Silvana el resultado de la conversación que había mantenido con el padre de los chicos españoles y que la había dejado seria y pensativa. Cada vez que alzaba la vista al espejo retrovisor, intentaba verla, sentada abrazando al niño en el asiento de atrás para encontrar el momento adecuado de lanzar la primera pregunta, pero Silvana tenía siempre la mirada perdida en el paisaje nocturno que desfilaba frente a sus ojos.

–¿Estás mejor? –se atrevió a preguntar por fin.

–Sí, padre, gracias.

–¿Quieres contarme en qué habéis quedado?

Ella guardó silencio unos instantes y, ya estaba el sacerdote a punto de pedirle perdón por su improcedente curiosidad, cuando ella, con un suspiro, empezó a hablar:

–Me ha ofrecido irme con él al norte del Brasil, a la selva.

–¿A qué? –saltó dom Ricardo, temiéndose lo peor.

–No sufra, padre. Me ha propuesto que trabaje para él; bueno, para su equipo. Y puedo llevarme a João.

—Pero, criatura, si es un equipo de biólogos. ¿Tú qué pintas allí? Si tú no sabes hacer nada que les pueda ser útil...

—Dice que puedo hacerles de comer, lavarles la ropa y cosas así.

Dom Ricardo empezó a tranquilizarse. Estaba claro que aquel hombre estaba intentando arreglar en lo posible el daño que había hecho su hijo con sus irresponsables promesas.

—Pero hay una condición —añadió Silvana.

—¡Dios mío! ¿Una condición?

Ella empezó a reírse bajito.

—Quiere que me comprometa a aprender a leer y a escribir y que luego aprenda una profesión que pueda ser útil a la gente. Me ha dicho que, cuando haya hecho la escuela, él podría ayudarme a entrar en enfermería. ¿Se imagina, padre? Yo, de enfermera.

—¿No te gusta la idea? —Dom Ricardo apenas podía concentrarse en el poco tráfico reinante. Varias veces estuvo tentado de parar y hablar con ella cara a cara, pero temía que ella dejara de hablar en cuanto sintiera su mirada directa. Así era casi como estar en un confesionario.

—Es que no me lo puedo creer, padre. No es posible que esto me esté pasando a mí. Y no sé qué pensar. Yo quería a Jandro... y él... yo creía que él me quería a mí. Luego, hace un rato, pensé que no había solución, que lo había perdido todo... y ahora... ahora resulta que hay esperanza, que puedo hacer algo con mi vida y darle una vida digna a João... Estoy hecha un lío.

—Bueno, criatura. Ahora lo que necesitas es dormir y mañana será otro día. Mañana enterraremos a Amelia y la vida empezará para ti. Dios ha puesto a esas personas en tu camino. Y no seas tan dura con Jandro. Piensa que aún es muy joven, que aún sois muy jóvenes los dos. Hay que construir un futuro primero para poder compartirlo después.

Silvana no contestó. Apoyó la cabeza en el respaldo del coche, apretó fuerte a João y, aunque apenas faltaban quince minutos para llegar a la parroquia, se quedó dormida.

José Da Silva llevaba desde las seis en el aeropuerto internacional de Rio y estaba empezando a tener sueño, pero las incómodas sillas de plástico no permitían ninguna posición lo bastante agradable como para quedarse dormido durante un rato. Por suerte, pronto podría embarcar y ya en el avión, en cuanto sintiera que la tensión de los últimos días desaparecía de sus músculos, se concedería un descanso, cerraría los ojos después de haberse tomado un whisky relajante y pasaría durmiendo todo el viaje hasta Buenos Aires.

Miró su reloj, comprobó de nuevo el monitor que anunciaba las salidas y decidió esperar cinco minutos más antes de pasar el control de pasaportes. Sus nuevos papeles, a nombre de José del Bosque, mexicano, estaban muy bien hechos, pero siempre era mejor pasar en el último momento, confundido entre los montones de turistas adormilados y nerviosos que temían perder su avión.

Con un suspiro, volvió a hojear la revista que se había comprado para entretener la espera: una publicación dedicada a soldados de fortuna y tipos duros en general llamada *Soldier*. Ya había repasado las ofertas y, aunque ninguna le interesaba realmente, había un par de cosas que podrían servir para los primeros tiempos, en cuanto se le acabaran los ahorros. Los meses de Rio lo habían reblandecido un poco y podría estar bien hacer algo de ejercicio durante unos meses antes de plantearse un trabajo realmente exigente como el que le apetecía cada vez más.

Se levantó, cogió la mochila y, antes de dirigirse a la entrada internacional, decidió pasar por el lavabo.

Aún no se había subido la cremallera del pantalón cuando algo se clavó en su espalda y una voz le susurró al oído:

–Estáte quieto y no te vuelvas.

Obedeció, maldiciendo en su interior.

–Tengo un mensaje para ti de dom Felipe –siguió diciendo la voz a su oído–. ¿Te interesa?

Asintió con la cabeza sin brusquedad.

–«Mi amigo Zé nos ha jugado una mala pasada, pero como quiere irse de viaje, no seré yo quien se lo impida.»

–¿Eso es todo? –preguntó Da Silva al cabo de unos segundos de silencio, en los que el cañón del arma había subido hasta su nuca.

–No, hay algo más: «¡Buen viaje!».

Supo que su vida terminaba en ese mismo instante y, sin embargo, aún tuvo tiempo de darse cuenta de ello. Supo que nunca viajaría a Nueva York, que nunca sería jefe de seguridad de una estrella de cine, que se habían acabado las mujeres y los trabajos bien remunerados y todos los planes de futuro. Supo que la policía lo encontraría tendido en el suelo de los aseos del aeropuerto en un charco de su propia sangre. Y tuvo tiempo de alegrarse con parte de su mente de que su vida fuera a terminar así, de pronto, sin llegar a la vejez, mientras que la otra parte de sí mismo aullaba de rabia y se llamaba idiota por haberse dejado sorprender como un conejo frente a las luces de un coche.

Pensó en dar un cabezazo brusco hacia atrás, tirarse al suelo y tratar de evitar la bala que acababa de ser disparada contra su cráneo y que apenas si produjo más ruido que la chapa de una botella de cerveza al abrirse. Un segundo después estaba muerto.

El funeral de *Finadinha* tuvo lugar a las nueve de la mañana en la iglesia del Carmo de Lapa, con una misa concelebrada por dom Ricardo y dom Luis, un sacerdote de la catedral que también había conocido y estimado a la difunta. La iglesia estaba a rebosar de personas que querían a Amelia y deseaban acompañarla en su último viaje. *Bonitinha* recibió las condolencias de todos los presentes como si fuera de verdad la nieta que Amelia nunca llegó a tener, pero a pesar de lo triste de la despedida, Silvana se descubría a veces sonriendo al mirar al pequeño João, que dormía en sus brazos.

Al terminar el entierro, después del cementerio, dom Ricardo invitó a unas cuantas personas a tomar un zumo con galletas en la sala parroquial con la intención de dejar arreglados de golpe todos los asuntos que estaban pendientes con los españoles, a riesgo de que el ambiente fuera demasiado tenso para todos ellos.

Jandro, que no había pegado ojo en toda la noche, se acercó a Silvana sintiendo que le temblaban hasta los huesos.

–¿Puedo hablar un momento contigo? –preguntó, seguro de que ella se negaría.

–No tenemos mucho de qué hablar, Jandro.

–Yo... quería pedirte perdón.

–¿Perdón? ¿Por qué?

–Por lo de anoche.

–Nadie tiene la culpa de haber dejado de querer a alguien.

–No, Silvana, por favor, no digas eso. Yo te quiero. Te querré siempre. Te lo juro. Te juro que en cuanto acabe la carrera, vendré a buscarte.

Ella lo miró fijamente a los ojos.

–No te esperaré, Jandro.

Él bajó la vista:

–No puedo pedírtelo, Silvana. Pero vendré de todos modos.

—Adiós, Jandro.

—¡Silvana! ¡*Bonitinha*! —chilló una voz desde la puerta de la sala parroquial.

Joanna, más rubia que nunca, con un vestido verde intenso y unas gafas de sol amarillas, avanzaba a toda velocidad con los brazos abiertos para abrazar a su amiga y a João.

—¡Qué alegría, chica! ¡Lo has encontrado! ¡Qué maravilla! Y ya me he enterado por Inés de que te vas de Rio. ¡Menuda suerte la tuya! ¡Ojalá pudiera irme yo! Pero ahora tengo cien dólares —dijo bajando la voz—. Me los ha dado Hans al volver del viaje que hemos hecho y dice que volverá en carnaval y que quiere que yo se lo enseñe todo, ¿te figuras?

Oyendo a Joanna, tan loca como siempre, Silvana tenía la impresión de que no había sucedido nada, de que todo estaba como antes de conocer a Inés y a Jandro, cuando João y *Finadinha* eran su familia y todo estaba bien. La iba a echar mucho de menos cuando tuviera que marcharse hacia el norte con Juanjo que, a pesar de su generosidad, no dejaba de ser un desconocido.

—Oye —dijo Joanna—, tengo que marcharme a despedirme de Hans, pero antes de que se me olvide, tengo que darte esto.

Le tendió un sobre de papel manila.

—¿Qué es esto?

—Ni idea. Acaba de dármelo María, la curandera. Dice que *Finadinha* lo dejó en su casa para que no se perdiera y que ahora tienes que tenerlo tú. ¡Dame un buen abrazo y un par de besos que ya llego tarde! ¡Y escríbeme en cuanto aprendas! Ya me leerá alguien la carta.

Con el corazón latiéndole como un tambor, Silvana abrió el sobre y sacó con mucho cuidado las hojas escritas a mano que contenía. Pronto sabría leer esos signos, pero de momento necesitaba ayuda y no quería pedírsela a

Jandro, así que buscó con los ojos hasta localizar a Reinaldo.

–¿Podría usted decirme qué es esto? Acaban de dármelo de parte de la mejor amiga de *Finadinha*.

Reinaldo pasó rápidamente la vista por el documento y empezó a leer más despacio, sacudiendo la cabeza negativamente.

–¡Qué lástima, Silvana! No es el testamento. Habría sido demasiado bonito. Es una carta para ti explicándote que ha cambiado el escondrijo, porque tenía miedo de que los bichos se lo comieran en aquel agujero de la pared. Pero aquí dice bien claro que quiere que lo poco que posee sea tuyo a su muerte, así que podemos intentar arreglar las cosas. No será rápido y dependerá de si hay alguien más, algún pariente próximo que tenga más derechos que tú a la herencia, pero al menos está escrito de puño y letra y podemos intentarlo. Déjamelo a mí y ya te iré informando de cómo van las cosas. Con un poco de suerte, para cuando puedas empezar a estudiar, ya tendrás algún dinero propio para tomar tus decisiones sin depender de nadie.

Silvana cerró los ojos, dio gracias a Dios por el regalo que acababa de hacerle, se puso de puntillas y le dio un beso a Reinaldo. Después, buscó a Inés y fue a donde ella estaba, a despedirse.

Fue como si la primera imagen de la Chácara do Céu *se repitiera en la realidad igual que en mis sueños diurnos: la melena rizada enmarcando su rostro más adulto, más cansado, pero igual de bello, su silueta delgada, sus ojos como estrellas oscuras. Y el bebé montado en su cadera, sonriendo sin dientes, chupando un collar de cuentas de vidrio. Fue como si el tiempo se hubiera detenido y me ofreciera una segunda oportunidad de enmendar todos los errores* cometidos, todos los errores que llevaba diez años pagando con dolor, con soledad, con autodesprecio.

«¿Vienes a quedarte?», me preguntó a bocajarro, sin conversación intrascendente, sin preguntas por la salud y la familia, sin nada a lo que pudiera agarrarme para sobrevivir a los primeros instantes.

«Sí», le contesté, sin darme tiempo a pensarlo, sintiendo que era una decisión que estaba tomada desde siempre. «Si tú me aceptas. Si me aceptáis los dos», añadí mirando al bebé que parecía João, aunque era imposible.

«Las dos», me dijo. «Ésta es Joanna; tiene seis meses. João es aquel que juega al balón. Ya está hecho un hombre.»

Los recuerdos de después se me confunden en un torbellino de felicidad apenas amargada por todo lo que me contaron ella e Inés, y después papá, que vino a visitarnos un par de meses más tarde y se marchó orgulloso de sus tres hijos, porque en los años en que yo había estudiado mi carrera y había comenzado a trabajar en el hospital en Asturias, Silvana se había convertido para él en una hija más, una hija que empezó ayudándolo en su trabajo de campo, que aprendió a leer y a escribir y consiguió su diploma de enfermera ocho años después de que Inés y yo nos marcháramos de Río aquel invierno.

¿Hubiéramos podido llegar a tanto si entonces yo no la hubiese traicionado y me hubiera quedado en Brasil con ella y con João? Ahora pienso que hice lo único correcto, aunque eso nos robó diez años de nuestra vida, años que hubiéramos podido pasar juntos, despiertos, en lugar de soñar y amargarnos, al menos yo. Pero tal vez eso nos habría destrozado y nunca hubiéramos llegado a ser lo que ahora somos, a ser capaces de ayudar a tantas personas que nos necesitan. Ha valido la pena. Mi vida, nuestra vida, empieza ahora, en el mismo momento en que terminó diez años atrás, en el invierno suave del Brasil, a finales de agosto. El futuro nos pertenece.

¡Ojalá sea cierto, hermano! ¡Ojalá sigáis vivos en alguna parte de la selva, buscando el camino de vuelta a la Misión o hacia nosotros! Nosotros seguiremos también buscando. Seguiremos esperando a que volváis los cuatro: tú, Silvana, Joanna y João. Siempre. Siempre.